경력단절의 시간을 넘어 다시 세상 속으로

엄마 말고 나로 살기

경력단절의 시간을 넘어 다시 세상 속으로

엄마 말고
나로 살기

조우관 지음

청아출판사

우리 언젠가 마주친 적은 없었을까

공간과 시간의 개념에 대해 생각해 본 적이 있다. 우리는 서로 각자의 시간을 살아왔지만 한 번쯤 같은 공간에서 마주하지는 않았을까, 혹은 다른 공간에 있었지만 서로 비슷한 시간을 공유하지 않았을까 하고. 어쩌면 결혼하고 엄마가 되면서 세상과의 단절을 겪은 그 순간에 우리는 서로 다른 시간과 공간에 있었지만 마치 같은 공간, 같은 시간의 영역 내에 있었던 사람들처럼 누구보다 서로를 이해할 수 있는 사람들일지도 모르겠다. 그 가운데는 시공간이 서로 일치하는 순간들도 분명 있었을 것이다.

엄마로서의 의무 뒤로 여자로서의 모습과 사회인, 더 나아가 한 명의 인간으로서의 모습을 숨겨야만 했을 때 어떤 좌절과 상실을 겪어야 했던가. 그 마음들을 위로하고 싶었다. 나에게 보내는 위로이자 당신에게 보내는 위로다. 책을 통해 단순히 다시 사회로 나가야 한다고, 다시 일을 해야만 한다고 말하고 싶었던 것이 아니라, 우리의 잊힌 모습들을 되찾는 여정을 함께하면 좋겠다고 생각했다. 나의 이야기지만 당신의 이야기가 될 수도 있다는 것을 말하고 싶었다.

각자의 생각과 상황은 사람마다 다른데 어떻게 당신처럼 될 수 있느냐고 물을지도 모르겠다. 그렇다. 당신은 나보다 더 잘될 수 있을 테니까 말이다.

이 불확실한 시대에서 어떻게 하면 경력단절의 시간과 결별할 수 있는지, 어떻게 하면 당장에 좋은 직업을 가질 수 있는지에 대한 해법을 제시할 수는 없을 것이다. 적힌 모든 것들이 정답이 될 수도 없다. 다만, 당신에게 하나의 문장이 살아남을 수 있기만을, 하나의 내용이 공감될 수 있기만을 바랄 뿐이다.

사람은 누구나 새로운 상황을 간절히 원한다. 그러면서도 그 새로운 상황에 대한 두려움을 동시에 가지게 된다. 어떤 것이 옳고, 어떤 것이 그르다고 이야기할 수는 없다. 우리의 모습이 어떠할지라도 우리는 스스로 회복되는 것에 대한 강한 열망을 갖고 있을 것이다.

오늘 문득, 무기력하고 지친 모습의 당신을 마주했다면, 그 옛날 생기 있던 모습 역시도 다시 마주할 수 있을 거라고 기대하며 자신을 응원하는 하루를 맞이하기를 빈다. 그런 모습으로 우리 또 다른 시간과 공간에서 서로 마주칠 수 있기를.

조우관

경력단절의 시간을 넘어
다시 세상 속으로

엄마 말고
나로 살기 ·························

서문

경력단절의 시간을 넘어
다시 세상 속으로

엄마 말고
나로 살기 ·············

Part 1

어쩌다 보니 경단녀

어쩌다 보니 경단녀

"언니, 요즘 저는 섬이에요."

밖은 무던히도 환하던 5월의 어느 날, 평소 친하게 지내던 동생이 아이를 낳은 후 어쩔 수 없이 일을 쉬게 되면서 독박육아에 지친 나머지 이런 메시지를 보내왔다. 밖은 화창하고 따뜻하기 그지없는데, 그녀의 마음은 시베리아 한복판에 들어서 있음을 충분히 짐작할 수 있는 메시지였다.

매일을 말 못 하는 아이와 단둘이서만 지낸다는 것, 그것만으로도 엄마는 섬이 될 이유가 충분하다. 그 섬에는 하루 종일 바깥에 있다가 밤중에나 집에 들어와서는 자기도 힘들다며 고생 많았다는 말

한마디 하지 않는 이기적인 남편과 제 자식만 챙기기 바쁜 눈치 없는 시어머니만 드나들 뿐이다. 그렇게라도 드나들면 다행이지만 간혹 남편이 출장이라도 가는 날에는 그야말로 무인도 그 자체가 되기도 한다.

그녀처럼 나도 첫아이를 키울 때는 섬이 됐다. 아이의 기저귀를 갈다가 문득, 내가 집에 틀어박혀서 아기 똥 기저귀나 갈자고 그렇게 열심히 공부했던가 하는 자괴감에 빠진 적이 한두 번이 아니었다. 아기가 깨기 전에 빨리 밥을 먹어 치우느라 앉지도 못하고 서서 미역국을 들이마시는 것은 보통의 삶이 됐고, 가끔 내가 할 수 있는 모든 걸 다 해 준 것 같은데도 울고불고하는 아기를 볼 때면 패닉 상태에 빠지기도 했다.

나를 힘들게 하는 사랑은 종국에는 사랑하기 힘들어지는 대상이 된다. 나에게 온몸과 온 생명을 의지한 누군가의 존재는 몹시도 부담스럽다. 나의 하루는 모든 수고를 털어 낼 수 있는 잠자리에 들면서조차 긴장하고 있어야 했다. 내가 잠을 잔 것인지 어땠는지도 모를 정도의 밤을 보내고선 있는 힘을 다해 남편에게 히스테리를 부리는 것으로 시작하는 날들이 많았다. 그 암흑의 시간이 영원히 끝나지 않을 것만 같았고 세상으로부터 단절된 내 모습이 우울하게만 다가왔다.

외로운 엄마들은 아기를 안고서라도 꾸역꾸역 문화센터에도 나가고, 동네 놀이터라도 나가게 된다. 하지만 그곳에서 마음이 맞는 엄마를 만나기란 하늘의 별 따기 만큼이나 어렵다. 외로운 마음을 알고는 있지만 서로를 보듬기엔 다들 너무 지쳐 있기 때문이다. 만남이 계속 이어지고 누군가와 친해지려면 먼저 다가가고 챙기는 사람이 있어야 하는데 먼저 손을 내밀기에는 서로 에너지가 너무 부족하다. 동네 놀이터를 나가도 그 사람이 다음에 또 나와 있으면 모를까 시간을 정해서 만나는 것도 각자의 생활 리듬이 다르기에 힘든 일이 되고야 만다. 인터넷 커뮤니티에 들어가 보기도 하지만 거기엔 어떤 일회성의 정보들만 난무하고 마음을 터놓을 수도 없을 뿐만 아니라 터놓는다고 해서 진정한 위로가 되지도 않는다.

나는 결혼을 하고 기존에 살던 동네에서 새로운 동네로 이사 온 지 얼마 되지 않았기에 온통의 세상이 낯설기만 했다. 아기는 아직 어린데 동네에는 아는 사람이 단 한 사람도 없었고 어디에도 마음 둘 데가 없었다. 그전에는 다니던 교회가 동네에 있어 교회에라도 가면 사람들이 있었고, 굳이 사람들을 만나지 않아도 주위에 누군가가 있다는 그 자체가 많은 위로가 되곤 했다. 하지만 그런 마음의 위로는 물리적 거리에 가로막히게 됐다. 더군다나 나는 무남독녀였기에 왕래할 수 있는 언니나 동생이 있는 것도 아니었다.

형제들이 가까이 살거나 친정이 가까이 있는 사람들은 이런 단절로부터 조금은 벗어날 수 있지만 나처럼, 그 동생처럼 형제가 없거나 친정이 멀리 떨어져 있는 사람들은 더 깊은 고립감과 단절감을 느껴야 한다. 옛날 중세 시대에는 사람이 죄를 지으면 동네에서 내쫓음으로써 죗값을 치르게 했다고 한다. 사람에게 단절감만큼 아프고 괴로운 것은 없기 때문이다. 어느 날은 남편만 기다리며 지쳐 있다 막상 남편 얼굴을 보면 화가 나기도 했고, 남편이 올 때까지 묵혀 두었던 말들을 남편을 만나자마자 따발총처럼 쏟아 내기도 했다. 하루는 누군가와 대화하는데 바보처럼 버벅거리는 내 모습을 보며 내가 얼마나 말을 많이 하지 않았기에 언어까지 잃어버렸을까 안타깝기도 했다. 내 모습은 마치 어디에도 친구가 없는 왕따, 불러 봐도 누구 하나 올 사람이 없는 무인도에 갇힌 사람 같았다.

여기에 더해서 대한민국 정부에서는 나에게 '경력단절여성'이라는 칭호까지 붙여 주었다. 언젠가부터 이전에는 들어보지도 못했던 경력단절여성이라는 말이 생겨나더니 절대 해당 사항이 없을 줄 알았던 나 역시 거기에 포함되는 날이 오고야 만 것이다. 그것은 마치 해당 여성을 제4의 성으로 분류라도 해 놓은 것 같았다. 결혼과 임신, 육아라는 일련의 과정을 겪은 여성에게 이제 다시는 경력을 이어 갈 수 없는 패배자라는 낙인이자 꼬리표를 다는 것만 같았다. 가정에서도 사회에서도 단절만을 겪어야 하는 죽은 사람이라는 표시 같았다. 나는 도대체 '단절'이라는 말이 무슨 뜻을 가지고 있는지 궁금했다. 국어사전을 찾아보니 단절을 '유대나 연관 관계를 끊음'으로 정의 내리고 있었다.

그렇다면 한번 끊어진 것이 다시 이어지는 것은 결국 불가능하다는 말이다. 끊어진 줄이라면 어떻게든 묶어 보든가 풀로 붙여 보기라도 할 텐데 어쩌다 우리는 다시 이어 붙일 수도 없는 단절된 여성으로 규정된 것일까? 정부에서는 매년 경력단절여성을 위해 일자리를 만들고 경력단절여성의 사회 참여도를 높일 수 있는 방안을 만드느라 여념이 없으면서도 끈이 떨어진 채 다시 꿰맬 수도 없는 헝겊 조각 같은 이름을 우리에게 붙여 놓았다. 경력을 계속 이어 가라면서 끊어진 사람으로 정의 내린 것은 참 아이러니가 아닐 수 없다.

경력단절 앞에서는 커리어 우먼도 소용없다. 육아로 인해 한 소아과 의사가 병원 문을 닫았다는 기사를 본 적이 있다. 강남의 유명 소아과 의사였는데 육아를 위해 의사 가운을 벗었던 것이다. 내 주위에도 결혼과 출산 그리고 육아로 인해 자신의 커리어에 쉼표를 찍는 여성들이 많이 있다. 정부에서 말하는 단절은 쉼표가 아닌 마침표 같다. 그래서 나는 '경력단절여성'이라는 말 대신에 '경력휴지기여성' 내지 '경력휴식기여성'이라는 말 정도로 그 지칭어를 바꾸는 것이 어떨까 한다. 우리는 언제든 다시 출발할 수 있는 가능성을 가지고 있지만 지금의 상황과 여건이 받쳐 주지 않아 잠시 쉬고 있는 것일 뿐이니까.

　우리 몸의 3대 영양소는 단백질, 탄수화물, 지방이고 영혼의 3대 영양소는 자유, 유능, 관계라고 한다. 아기를 낳은 엄마는 가장 잘 먹어야 하는 순간조차 누군가가 음식을 해 주는 경우가 아니라면 영양소를 골고루 챙기기 힘들어 몸의 3대 영양소를 제대로 공급받지 못하는 경우가 비일비재하다. 거기에 하고 싶은 일이 아니라 해야 하는 일로만 가득 차 있으니 자유가 상실되는 것은 말할 것도 없다. 경력이 단절된 상태에서 나의 유능감이라고는 펼칠 수 있는 장도 마련되어 있지 못할 뿐만 아니라, 새로운 관계는커녕 기존의 관계조차 흔들리니 영혼의 3대 영양소는 그야말로 기아 수준이다. 이런 상황에서 나에게 주어진 결핍을 채움으로 바꾸기 위한 돌파구가 반드시 있어야 한다. 그것을 나는 단절이 아니라 휴식에서 찾고 싶다. 나는 멈춘 것이 아니라 잠시 쉬는 것이라고 말이다.

　다른 이가 나를 어떻게 규정하였든, 적어도 스스로는 자기 자신을 다시 일어설 수 있는 사람으로 규정해야 다가올 미래에 대한 최소한의 기대와 염원이라도 남아 있을 테다. 어쩌다 보니 경단녀가 되었다면, 어쩌다 보니 다시 커리어 우먼이 될 수도 있는 것 아니겠는가.

나는 엄마처럼 살게 될까 두려웠다

태어날 때 아무것도 걸치지 않은 채 알몸으로 태어나는 인간에게 신이 춥지 말라고 영혼에는 아주 따뜻한 옷을 입혀 줄 것이라 생각해 왔다. 그것이 신이 인간을 사랑하는 최소한의 방법일 것이라고. 그리고 그 옷을 지어 입히는 사람으로 엄마를 보내 주는 것이라고. 하지만 나의 엄마만 거기서 열외라고 생각했다. 엄마는 실제로도 바느질에 소질이 없었지만, 음식도 잘 할 줄 몰라서 한 번씩 집에 왔을 때도 맛있는 음식을 해 준 적이 거의 없다. 엄마가 없을 땐 늙은 아빠가 밥을 해 줬는데, 내 밥상에는 늘 김치와 계란 프라이가 전부였고, 심지어 고등학교 때 도시락 반찬은 늘 햄뿐이었다. 그것이 얼마나 부끄러웠는지 모른다.

어린 시절부터 내 영혼은 헐벗은 채로, 몸도 아주 가녀린 채로 지금까지 이어져 오고 있는 느낌이다. 특히 엄마는 무엇보다 나에 대해 애틋한 마음이 별로 없었다. 자신의 문제에만 빠져 있었고 세상에서 자기가 제일 불쌍하다고 생각했기에 딸까지 신경 쓸 마음의 여유가 없었다. 그래서 나는 엄마에 대한 깊은 애정을 가지고서 엄마 이야기만 나오면 눈물을 훔치는 여자들을 보면 그것이 진정한 그녀의 마음이 맞는지 어리둥절하기도 하고, 진짜로 엄마에 대한 짠하고 애틋한 감정이라는 것이 실존하는지 의심스럽기도 했다. 그런 마음은 엄마의 사랑을 듬뿍 받았을 때나 생길 법한 마음일 텐데 나는 그것을 실제로 체험해 본 적이 거의 없기 때문이다. 엄마의 사랑이라는 것에 대한 실체도 알지 못했으니 자식의 사랑이라는 것의 실체에 대해서는 더더욱 의심이 들 수밖에 없었다.

시내에서 장사하느라 한 달에 한 번씩 집에 오곤 했던 엄마와 나는 그렇게 살뜰한 관계도 아니었을뿐더러 엄마는 늘 돈에만 관심이 있어 보였다. 엄마는 능력 없고 노름에 빠져 있던 외할아버지 때문에 어렸을 때부터 남의 집에서 식모살이를 했다. 그런 탓에 어떻게 해서라도 가난에서 벗어나고 싶었을 것이다. 그런데 막상 결혼한 남편도 능력이 없는 걸 보며 자식인 내게 자신의 신세 한탄을 하기 바빴다. 나는 나대로 폭력적인 아버지와 자기 문제에만 빠져 나에게 별 관심이 없는 엄마 사이에서 너무 힘들기만 했는데, 어린 내게 늘 자신의 힘겨움을 보태던 엄마가 부담스럽기만 했다.

돈 이야기만 하는 엄마가 몹시도 싫었다. 가끔은 딸인 나와 돈뭉치가 물에 빠지면 돈뭉치부터 건져 내기 바쁠 거라는 생각이 들 정도로 엄마는 늘 돈에 집착했다. 고시 공부를 할 때 고시원 옆방에서 나는 소란한 소리 때문에 잠을 잘 수 없는 날이 많았고, 어느 날 밤 웬 남자가 내 방문을 마구 흔들어 댔던 경험 때문에 혼자 살 수 있는 집으로 옮길 수 있게 전세금을 부탁했을 때도 엄마는 딱 잘라 거절했다. 전세금이라 어디로 가는 돈도 아니고 방을 빼게 되면 그대로 받을 수 있는 돈이라고 설득해도 엄마는 그 돈을 주지 않았다. 없어서 못 주는 것이라면 애초에 부탁하지도 않았겠지만 있어도 안 주는 엄마를 보며 무척 실망하고 말았다. 그런 엄마에게서 어떤 믿음이나 신뢰를 느낄 수 없었다. 그렇게 돈이 좋고 딸에게 그 돈 한 푼 주는 것이 그렇게 아까운지, 돈을 원망하기까지 했다.

나는 자식에게 정신적으로 기대지 않고 물질적으로 충분히 지원해 줄 수 있는 엄마가 되고 싶었다. 엄마는 자신이 의지할 대상을 돈으로 정했지만, 나는 물질에는 절대 의지하지 않기로 다짐했고 돈에 절대 끌려다니지 않기로 다짐했다. 사람들은 부자가 돈에 끌려

다니는 사람들이라고 착각하지만 오히려 돈이 없는 사람들이 돈에 끌려다닐 수밖에 없는 삶을 살게 된다. 부자들은 돈을 주도적으로 이끌고 다니지만 가난한 사람들은 돈의 노예로 전락하는 삶을 살게 되기 십상이다. 그렇게 끌려다니다 보면 더 큰 가치를 잃게 되기도 한다.

내가 돈에 끌려다니지 않고 내가 돈을 이끄는 삶을 살아야 한다. 그러려면 돈으로부터 완전히 초탈해서 어떤 욕심도 부리지 않으면서 살든가, 여자도 완전히 경제적으로 자립하든가 둘 중 하나를 선택해야 한다. 대한민국에서, 자본주의 사회에서 돈으로부터 완전히 초탈하기란 쉽지 않다. 자식에게 뭐라도 하나 가르치기 위해서는 돈이 필요하고 그것이 자립을 전제로 하지 않은 상태에서는 지극히 괴로운 일이 될 수밖에 없기 때문이다. 따라서 자립하기 위해서 꾸준히 노력해야 한다. 물론 그건 말처럼 쉬운 일은 아니다. 자신의 능력을 키우기 위해서는 남자들보다 더 굳센 의지를 가지고 더 많은 노력을 기울여야 할지도 모른다.

엄마는 늘 "원 없이 돈 한번 써 봤으면 좋겠다."라는 말을 입버릇처럼 내뱉고는 했는데, 어렸을 때는 그것이 의미하는 바를 잘 알지 못했다. 어린 나는 그 말이 진짜 돈이 없어서 그러는 건 줄 알았다. 하지만 통장에 돈이 수백, 수천만 원이 있을 때도 엄마는 그런 말을 한다는 것을 알게 됐다. 엄마는 남은 물론 자기 자신을 위해서도 돈을 쓸 줄 모르는 사람이었다. 그런데 결혼한 후 경제적으로 윤택한 삶을 살지 못했던 나는 나도 모르게 엄마처럼 똑같은 말을 내뱉고 있었다. 돈 한번 원 없이 써 봤으면 좋겠네 하고 말이다. 순간, 나는 이 말이 어떤 저주의 순환 고리 같은 느낌이 들었다. 그 순환 고리를 끊어 내지 않으면 내 자식조차도 그 고리에 대롱대롱 매달릴 것만 같았다.

어쩌면 엄마를 보면서 내 머릿속 어딘가에 그 말이 각인된 것인지도 모르겠다. 나는 적어도 그런 말을 아이들에게는 각인시키고 싶지 않았다. 엄마가 그런 말을 하고, 돈 걱정을 하는 모습을 자주 보인다면 아이들에게 불안감을 심어 줄 뿐이다. 돈이 없어서 무언가를 못 하게 될 수도 있다는 상황을 알게 되는 것은 아이를 아이답게 키우지 못할 수도 있는 무한한 가능성을 제공한다. 돈 걱정을 하던 어느 날 나는 급기야 무언가를 사 달라는 아이에게 우리 집은 가난하다고 버럭 소리를 지르며 화낸 적이 있다. 가난한 것이 뭔지도 모르는 아이한테 말이다.

그래서 더 이상 지체할 수 없었다. 매일 돈이 없어서 근심 걱정하고, 얼마의 돈을 더 벌어야 하고, 얼마의 돈을 어떻게 모아야 하는지 그 걱정에 한숨짓는 하루하루를 보내며 매일 아이와 씨름하고만 있을 수는 없었다. 그러다 내 청춘은 저만치 물러가 있을 테고, 정신을 차렸을 땐 다시 일하고 싶어도 할 수 없는 할머니가 되어 있을지도 모를 일이었다. 아이를 다 키운 후에 혹은 남편이 퇴직한 후에나 불현듯 '아차!' 하는 마음을 갖고 싶지 않았다. 그것이 내가 돈을 100만 원만 받고도 다시 일을 시작하게 된 계기였다. 많은 돈은 아니었지만 100만 원으로도 가계에는 숨통이 좀 트였다. 임신했을 때 취득해 두었던 직업상담사 자격증을 드디어 써먹을 수 있게 됐고, 조금씩 저축도 할 수 있게 됐다.

누군가는 고작 100만 원 벌자고 아이는 어린이집에 맡겨 둔 채 직장을 다니느냐고 할지도 모른다. 하지만 일을 다시 시작한 나는 다시 생기가 돌았을 뿐만 아니라 지금의 고작 100만 원이 먼 훗날에도 고작 100만 원으로만 남아 있을 거라고 결코 생각지 않았다. 그것을 계기로 나의 경력은 쌓여 나갈 것이고 아이들이 좀 더 커서 시간의 자유가 주어지면 더 좋은 일자리로 옮겨서 더 많은 돈을 벌 수 있을 거라고 생각했다. 스스로 그런 희망을 갖지 않으면 경력단절의 고리를 결코 끊을 수 없을 뿐만 아니라 자기 자신에게도 다시 일하는 타당한 이유를 갖다 댈 수가 없다. 그리고 내가 다시 일을 시작하게 된 결정적인 이유는 돈도 돈이지만 나의 존재 가치를 그냥 멈춰 있는 사람으로 규정하고 싶지 않았기 때문이다.

남자들은 흔히 그 돈 벌려고 밖으로 다니느냐, 그럴 거면 그냥 집에서 애들이나 잘 키우라고 말하기도 한다. 신문에서는 여자가 최소 얼마 이상을 벌어야 그에 따라 발생하는 다른 비용을 채울 수 있을 거라는 기사를 싣기도 한다. 하지만 여자가 일을 하는 것은 돈을 버는 경제적인 이유뿐만 아니라 자신의 유능함을 다시 찾고 싶어서, 자아실현을 하고 싶어서이기도 하다. 그렇기 때문에 여성의 재취업을 단지 금전적으로만 따질 수 있는 것도 아니고, 그래서도 안 된다.

나는 그 옛날 엄마들이 아이들을 키우느라 젊은 시절을 다 보낸 후에 아이들이 결혼하고 자기 자신을 떠날 때나, 이제 엄마가 필요 없다고 말할 때 내가 너를 어떻게 키웠는지 아느냐는 말을 던지며 자신의 고귀한 희생정신을 들먹이는 모습처럼은 되고 싶지 않다. 나의 신세 한탄을 쏟아부으며 아이에게 나의 무거운 짐을 짊어지게 하고 싶지도 않다. 무엇보다 나는 엄마를 넘어, 여자를 넘어 무언가를 이룰 수 있는 한 사람으로 살아가고 싶다.

어느 날 거울 속에 다른 여자가 있었다

처녀 시절, 나는 적어도 한 달에 한 번은 꼭 옷을 샀고, 일주일에 한 번 내지 이 주일에 한 번은 피부 관리를 받았다. 옷을 잘 입는다는 말을 많이 들었고, 어디를 가든 사람들이 실제 나이보다 훨씬 더 어리게 보곤 했다. 심지어 남편과 데이트하기 위해 들어간 술집에서는 주민등록증을 보여 달라고 했을 정도였다. 30대 초반에 주민등록증 검사를 받을 정도였으면 어련하지 않았겠는가. 어디선가 돌덩어리가 날아오는 소리가 아주 크게 들리지만 사실은 사실이니 말이다. 그래서 동안만큼은 걱정하지 않았다. 집안의 내력이라 자부하고 있었으니까.

하지만 여자는 출산을 하면서 한 번, 육아를 하면서 또 한 번 폭삭 늙는 존재라는 것을 알게 됐다. 그 사실을 알게 된 건 정말 충격적인 일이 아닐 수 없었다. 심지어 나보다 세 살 많은 남편보다 내가 더 나이 들어 보이는 지경까지 이르니 주민등록증 검사를 받던 나의 리즈시절은 그야말로 역사의 현장으로 유유히 사라져 버리고 만 것이다.

어느 날 문득 거울을 바라보니 거기에 친정엄마가 떡하니 버티고 있었다. 분명 내 얼굴인데 친정엄마와 똑 닮은 여자가 동시에 나를 바라보고 있었다. 결혼할 때만 해도 엄마와 내가 닮은 데라곤 하나도 없다던 남편조차 이상하게 점점 엄마와 내가 닮아 간다고 말할 정도였다. 엄마가 아주 미인이거나 아주 멋지지 않고서야 여자들에게 엄마를 닮았다는 말은 썩 듣기 좋은 말은 아니다. 엄마를 닮았다는 말에는 엄마의 외모뿐만 아니라 엄마의 싫은 모습까지 포함된 것이기 때문에 그렇다. 게다가 여자들은 아주 어렸을 때부터 절대 엄마처럼 살지 않겠노라 호언장담하고 다짐하던 존재들이 아닌가.

어렸을 때 부모님이 쌀집을 하던 친구가 있었다. 그 친구는 밑에 동생이 두 명이나 있었다. 무남독녀였던 나는 형제자매가 많은 그 친구가 무척 부러웠고 그 집에 자주 놀러 가곤 했다. 그런데 친구의 엄마는 늘 인상을 한껏 찌푸리고 있었다. 치석이 온 치아를 다 뒤덮고 있었고, 아이를 셋이나 낳아서 그런지 항상 어디가 아프다고 했다. 초등학생이던 내가 봐도 무기력하고 힘이 없던 친구의 엄마가 애처로울 정도였다. 그 친구 집에 그렇게 많이 놀러 갔어도 그 엄마가 웃는 모습을 단 한 번도 본 적이 없다. 우리 엄마 역시 그랬다. 시내에서 장사를 하던 탓에 집에는 한 달에 한 번 오곤 했는데, 올 때마다 엄마는 종일 잠만 잤다. 몇 날 며칠 잠만 자다가 다시 일하러 가는 것이 거의 일상이었다.

엄마라는 존재는 그렇게 무기력하기만 한 존재인 걸까. 일을 하든, 일을 하지 않든 엄마는 늘 아프고, 엄마는 늘 초췌하고, 엄마는 늘 지쳐 있기만 한 그런 존재인 건 어느 집이나 마찬가지였다. 내 친구 엄마를 봐도, 나의 엄마를 봐도 어디 하나 생기라고는, 삶의 의욕이라고는 없어 보였고, 그것을 찾는다는 건 보물찾기에서 보물을 찾는 것만큼이나 어려운 일이었다. 왜 엄마들은 다들 하나같이 미래가 없는 여자처럼 사는 것인지 아이들 눈에도 그것이 뻔히 보였다. 그래서 딸들은 그토록 절대 엄마처럼 살지 않겠다고 말할 수밖에 없던 것이다.

그랬던 내게 거울 속에서 엄마의 모습을 발견한 일은 정말이지 너무 슬픈 일이 아닐 수 없었다. 머리는 사형을 집행하기 위해 칼에 물을 뿜어 대는 조선 시대 백정의 그것과 흡사했고, 옷은 늘어질 대로 늘어져 걸레로 쓸 법한 누더기를 걸치고 있었다. 게다가 볼살은 있는 대로 빠지고, 빠진 볼살 옆에는 물이 고일 정도의 팔자주름이 자리 잡고 있었다. 힘들어서, 화가 나서 나도 모르게 인상을 써 댔는지 미간에도 주름이 잡혀 있었다. 이건 예전의 내 모습이 아니요, 내가 원하던 미래의 내 모습은 더더욱 아니었다. 가끔, 거실에 걸려 있는 결혼사진을 물끄러미 바라보는 남편을 보면 속으로 뜨끔해질 정도로 말이다. 역변의 주역이 아닐 수 없었다.

어느 날 교회 모임에 갔는데 집사님 중 한 분이 씩씩대면서 걸어 오더니 자신의 소싯적 사진을 보여 줬다. 뜬금없이 사진을 들입다 내밀기에 영문을 몰라 하던 내게 집사님은 하소연인지 화인지 모를 말을 내뱉기 시작했다. 아니, 어떤 아저씨가 그 사진 속의 자신의 모습과 실제 자신의 모습을 번갈아 쳐다보더니 누가 아줌마를 이렇게 만들어 놨냐고 했다는 것이다. 그 말이 얼마나 비수가 되어 가슴에 꽂혔는지 자신도 한때는 44사이즈에 날씬한 여자였다고 항변했다는 것이다. 웃어야 할지, 울어야 할지 도무지 알 수 없는 상황에서 나는 '웃프다'라는 말을 누가 만들어 냈는지, 딱 맞는 상황에 딱 맞는 신조어를 만들어 준 네티즌들에게 고맙기 그지없을 정도였다. 누가 그 집사님을 그렇게 만들었을까? 우리의 엄마들, 거적때기 하나 걸치고 있던 나를 누가 그렇게 만들었다는 말인가.

어쩌면 엄마라는 존재들은 희생이라는 미명 아래 자기 자신을 돌보는 것을 어떤 죄책감의 하나로 받아들이면서 사는 존재들은 아닐지 모르겠다. 아직도 자식에게 돈을 쓰는 것은 아깝지 않은데 자기 자신에게 돈을 투자하는 것은 너무 아깝다는 엄마들이 주위에 많은 걸 보면 20세기나 21세기나 엄마들에게 주어진 희생정신은 뼛속 깊이 하나의 유전형질을 이루고 있는 것만 같다. 프랑스 여자들은 아이를 낳고도 남편이 올 시간만 되면 화장을 하고 예쁜 드레스를 입고서 퇴근하는 남편을 기다린다고 한다. 그런 비인간적인 모습까지는 아니더라도 일주일에 단 한 번 정도는 여자로 되돌아가는 시간이 필요하고, 잃어버린 여자의 모습을 되찾아도 되지 않을까.

나는 거울 속에서 충격적인 다른 여자의 모습을 접한 후, 일주일에 한 번 교회 가는 날이면 처녀 시절에 입던 옷을 꺼내 입고 정성 들여 메이크업을 하기 시작했다. 처녀 시절 자기를 만나러 올 때면 항상 예쁘게 꾸미고 오던 내 모습을 기억하고 있는 남편에게도 일주일에 하루 정도는 그때의 나를 만나게 해 줘야 할 것 같았다. 그러면 나를 본 교회 사람들은 여지없이 이런 말들을 했다. 왜 아줌마가 아가씨처럼 하고 다니느냐, 아줌마는 아줌마답게 하고 다녀야지. 만난 사람들 중 열에 아홉은 그랬다.

그렇다면 아줌마다운 것은 과연 뭘까? 아줌마답다는 것이 과연 있기는 있는 걸까? 집에서 넝마를 걸치고 있다고 밖에 나갈 때도 추레하게 나가야 하고, 처녀 시절 입던 원피스 대신 편한 복장으로 다녀야 하고, 메이크업은 하지 않는 것이 아줌마다운 것일까? 왜 우리는 집에서도, 동네에서도, 심지어 직장에서도 아줌마처럼 하고 다니며, 누군가에게 아줌마를 강요당하면서도 막상 아줌마처럼 하고 다니면 아줌마라고 멸시당하고 무시당하는 지경까지 이른 것일까?

예전에 사회복지기관에서 일한 적이 있는데, 우리 부서에 유부녀 팀장이 한 명 있었더랬다. 그녀는 나보다 어린 팀장이었음에도 커다란 호랑이 한 마리가 그려져 있는 티셔츠를 입고 출근하곤 했다. 아줌마의 정체성은 그런 호랑이 한 마리쯤은 그려진 옷을 입고 회사에 출근하는 정도의 것일까? 그녀는 자신을 이미 아줌마로 정의하고 아줌마다운 것은 이런 것이라고 규정한 후에 자기 몸에 그런 옷을 입힌 걸까?

늦은 나이에 심리학 공부를 시작하면서 강의를 들으러 다닐 때 느꼈던 생각 역시 남자 교수들은 양복을 입는다든지 가급적 아저씨의 정체성을 버리고 강의에 들어오는데 여자 교수들은 그렇지 않다는 것이다. 화장을 하지 않는 건 기본이고, 집에서 입던 옷을 그대로 걸치고 온 것처럼 와서는 강의하는 모습들을 많이 보았다. 심지어 슬리퍼나 운동화를 신고 오는 교수들도 있었다. 안타까운 건 아가씨였던 시절엔 화장을 안 하면 밖에도 못 다니던 여자들이 아줌마가 되고 나서는 자신의 민낯을 보이는 것에 거리낌이 없어지면서 자기 안에 여전히 존재하는 여자를 죽이게 되는 그 순간을 목격하는 것이다.

처녀 시절 예쁘게 꾸미던 나는 전혀 무기력하지 않았는데, 이제 아줌마다움을 입고 있는 나는 왜 이토록 온몸으로 무기력하고 마는 걸까? 내가 그렇게 닮고 싶지 않던 엄마의 모습이 나의 모습이 됐다고 느끼는 순간에는 그녀를 보고 싶어 하며 눈물을 떨굴 것이 아니라, 예전의 내 모습을 보고 싶어 하며 지금의 나를 오히려 가여워해야 하는 것일지도 모른다.

우리는 누군가를 존중하기 위해 화장을 하다가 아줌마가 되자마자 그 존중을 멈춘다. 그리고 그렇게 나 자신을 아끼던 내 스스로의 바쁜 손도 멈추고 만다. 어쩌면 내가 나를 놓아 버린 순간부터, 내 안의 여자가 멈춰 선 그 순간부터 내 친구의 엄마도, 나의 엄마도 그리고 나도 또 당신도 무기력 속으로 마구 빨려 들어갔는지도 모르겠다. 누가 아줌마를 이렇게 만들었는지에 대한 답은 우리 모두 이미 알고 있을 것이다.

지금쯤 뭐라도 되어 있을 줄 알았다

대부분의 여성은 어릴 적 한 번쯤 동화 속 주인공을 꿈꿔 봤을 것이다. 〈백설 공주〉나 〈신데렐라〉, 〈콩쥐팥쥐〉 등에서 여자 주인공들은 어떻게 살았던가. 독이 든 사과를 먹고 왕자님이 오기까지 가만히 누워 있거나, 구멍 뚫린 독에 물을 붓는 와중에 뜬금없이 두꺼비가 나타나 도와준다든가, 어쩌다 흘린 신발 하나로 인생이 역전되는 등 철저하게 누군가에게 의지한 삶을 살았다. 특히 백설 공주는 계모가 자신을 죽이려는 것을 알았을 때조차 자신의 힘을 기를 생각은커녕 일곱 명의 그것도 난쟁이 남자들에게 얹혀서 기생하지 않았던가. 이것은 마치 여자는 자신의 힘으로는 절대 살아가지 못하고,

종국에는 오직 남자들에 의해서 인생이 결정된다는 것을 증명이라도 할 요량으로 만든 이야기 같기만 하다.

우리는 여태껏 그녀들이 착하고 예뻐서 해피엔딩을 맞았다고 배웠다. 그녀들은 왜 현실에 안주한 채 자신의 인생을 바꾸려고 시도하지 않았을까 하는 물음을 단 한 번도 가져 본 적이 없다. 백설 공주는 오늘날 그것을 모티브로 한 영화에서처럼 왕비에 대항하여 싸울 생각은 하지도 못했으며, 신데렐라와 콩쥐 역시 새엄마와 언니들의 괴롭힘에서 벗어나 스스로 자립하고자 하는 그 어떤 의지도 보여 주지 못했다. 이런 이야기들은 여자의 삶은 철저히 운명론적일 수밖에 없으며 혹은 여자는 예쁘고 착하기라도 해야 복을 받는다는 지나치게 남성 중심적이고 편협한 사고만을 전해 주었을 뿐이다. 심지어 우리는 그것을 아무 의심 없이 받아들이며 그녀들을 동경하기까지 했다.

이러한 운명론적 사고방식을 노골적으로 드러낸 말이 '여자 팔자 뒤웅박 팔자'라는 우리나라 속담이다. 이 속담이야말로 철저하게 남자에게 종속된 여자의 삶을 가리키는 말이라 할 수 있다. 남자를 잘 만나면 잘살고 그러다 그 남자가 죽기라도 하면 끈 떨어진 신세가 되어 세상에 굴러다니는 돌멩이 취급이나 받는 것이 여자의 인생이라는 말이다. 우리가 언제나 꿈꿨던 공주님들, 왕자나 왕에게 간택되어 인생을 새로고침한 여자들의 공통점 모두가 이 속담과 일맥상통하는 이야기들인 셈이다. 물론 남자에 의해 인생 역전한 여자들 이야기는 지금도 수시로 등장하는 단골 메뉴다. 드라마와 영화를 넘어 현실에서도 하나의 큰 가십거리로 그녀들의 이야기가 사용될 때가 많다. 어쩌면 거기엔 누군가에게 의지해 살고 싶은 여자들의 염원이 담겨 있는지도 모르겠다.

한 중학교 동창은 자신의 꿈은 현모양처가 되는 것이라고 자랑스럽게 이야기하곤 했다. '다른 여자들은 밖에 나가 일하면서 무언가가 되는 것이 훌륭하다고 생각하지만, 나는 집에서 가족들을 위해 사는 현모양처가 되겠다'라고 썼던 글이 아직도 생생하게 기억난다. 그 아이가 원하던 것은 현모양처였을까, 가정주부였을까. 전업맘이든 워킹맘이든 누구든 현모양처가 될 수 있다. 전업맘이라고 해서 아이들 교육과 남편 뒷바라지를 더 잘하는 것도 아니고 워킹맘이라고 해서 그런 것들과는 영 멀어진 사람들도 아니다. 우리는 마치 집 안에서만 식구들을 위해 희생하는 것이 현모양처라고 배워왔을 뿐이다.

나는 어렸을 때부터 '여자는 무조건 시집을 잘 가야 한다'라는 엄마의 말을 듣고 자랐다. 엄마가 내게 준 지상 최대의 과제는 무조건 시집을 잘 가야 하는 것이었다. 시집만 잘 가면 떵떵거리면서 목에

힘주고 살 수 있다는 것이다. 물론 그 말에는 시집을 잘못 가서 억울한 자신의 엄청난 한이 서려 있기도 했다. 아버지는 나이 쉰에 나를 낳았다. 그래서 이미 내가 열 살밖에 되지 않았을 때도 노인의 길을 걷고 있었기 때문에 경제활동을 할 수 있는 상태가 아니었다. 요즘 같으면 나이 쉰이든, 예순이든 그리 늙은 나이 축에 속하지 않고 다시 제2의 인생을 살 수도 있지만, 그때는 나이 예순에는 어디서도 다시 일할 수 없던 시절이었다.

그래서 우리 집 경제는 오롯이 엄마에게 맡겨진 상태였고 우리는 궁핍함을 면치 못하는 생활을 끊임없이 해야 했다. 남의 집에서 사는 건 당연한 일이었고, 일곱 살이었을 때는 집을 얻을 수 있는 돈이 없어 여인숙에서 살기도 했다. 추운 겨울에 입고 나갈 잠바가 없어서 스웨터 하나만 입고 학교에 가야 했던 적도 있다. 담배 살 돈은 없는데 담배를 피우고 싶었던 아버지는 길거리에 떨어져 있는 남이 피우다 버린 담배꽁초들을 주워 와서는 안에 들어 있는 내용물을 하나하나 긁어모아서 그것을 종이에 돌돌 말아 피우셨던 날도 있었다. 그 모습을 본 나는 성공에 대한 열망이 더욱 커졌다. 남자에게 의지하고 누군가에게 의지하는 삶은 결국 그 존재가 영원불멸할 존재가 아니라면 언젠가는 늙고 죽을 것이다. 그런 유한하고 끝이 있는 대상을 보험으로 삼다가는 결국 여자 팔자 뒤웅박 팔자가 될 것이 뻔했기 때문에, 여자는 결혼만 잘하면 된다는 엄마의 말을 믿지 않기로 했다.

나는 고시 공부를 해서 성공하리라 다짐했고 드디어 행정학과에 합격했다. 힘들었지만 더는 힘들게 살고 싶지 않아서 고시 공부를 시작했다. 고시원비를 내고 책을 사야 하는 등의 최소한의 생활비로 고시 생활을 했다. 하지만 고시 공부를 하던 시절 아버지는 내게 어마어마한 빚을 남겼다. 엄마와 나는 우리 이름으로 아빠가 만들어 낸 그 빚을 갚느라 애써야 했다. 나는 과외를 시작으로 새벽에 대리운전 콜센터에서 일하며 고시 공부를 손에서 놓아야만 했다. 그렇게 내 꿈은 멀어졌고, 아버지는 우리에게 빚만 남긴 채 돌아가셨다. 아버지가 돌아가시고 나서도 나는 대리운전 콜센터에서 밤부터 새벽까지 일하다 고시원 방으로 돌아와 지쳐 잠드는 생활을 이어 갔다. 그렇게 아버지가 돌아가신 후 3년 동안 나의 방황은 계속됐고, 마침내 엄마와 내가 빚을 다 갚게 됐을 즈음 남편을 만나 결혼했다.

시험에 합격하지 못한 채 시험공부를 그만두게 된 것은 전혀 후회되거나 초라하지 않았지만, 그 옛날의 어린 나에게는 너무 미안했다. 그토록 가난하고 그 가난 때문에 초등학교 때부터 차별을 받기도 하고 꿈도 버려야 했던 적이 있었건만, 그때의 내가 지금 아무것도 되어 있지 않은 나를 보면 얼마나 실망할까 하는 생각이 들었다.

가끔 영화를 보다 보면 어린 주인공과 어른이 된 주인공이 서로 만나게 되는 장면이 나오곤 하는데 그런 한 장면이 떠올랐다. 겨우 그렇게 살고 있냐고, 그렇게 살 거라면 내가 왜 이 힘든 시간을 이렇게까지 견뎌야 하는 거냐고 어린 내가 어른이 된 나를 원망할 것만 같았다. 결혼을 해서 아이를 낳고 나면 어린 나의 자아를 만나게 되는 일이 잦아진다. 그전까지는 몰랐던 혹은 잊어버렸던 어린 내가 깨어날 때가 많고, 내 자식의 모습을 보며 내 어린 시절이 떠오를 때가 많아진다. 나는 그렇게 불쑥 깨어나고 찾아오는 어린 나를 위로해야만 했다.

'미안해, 뭐라도 되어 있을 줄 알았을 텐데 고작 이렇게밖에 살고 있지 못해서…….'

하지만 그렇게 주저앉고 말기에는 나 자신이 너무 불쌍했다. 나는 다른 삶으로 어린 나를 위로해 주어야 했다. 여전히 남자에게 의지한 채 내 삶을 살고 싶지는 않았기에 나만의 삶을 개척해야 했다. 나는 첫아이를 임신했을 때 직업상담사 자격증을 취득했다. 20대에 대학교 취업지원실에서 일한 경험을 다시 살리고 싶었다. 누군가는 임신하고서 어떻게 그렇게 공부할 수 있느냐고 할지 모르지만, 임신했을 때 공부하는 것은 전에 없이 엄청난 힘을 발휘할 수 있다. 아이가 태어나면 더 이상 공부할 시간이 없을 거라는 절박함과 내가 공부하면 태아에게 좋은 영향을 줄 것이라는 생각 때문에 이제까지와는 다른 집중력을 발휘할 수 있는 최적의 시기다. 당시에 남편 역시도 공부하고 있었기에 미래가 너무 불투명한 시기이기도 했다. 모든 상황이 절박하기만 했다. 그래도 다행인 건, 고시 공부를 한 덕분에 직업상담사 시험에 나오는 대부분의 내용이 어렵지 않았고 자격증 시험에 1, 2차 동차로 합격할 수 있었다. 지금 생각해 보면 그때의 고시 실패가 오히려 고맙다.

<u>우리는 무언가에 실패하면 그 실패를 딛고 일어설 수 없을 것 같아 좌절하기도 하지만, 막다른 골목에도 해는 비치고 꽃은 피어난다는 것을 잊지 않았으면 한다.</u> 언젠가는 왕자님이 오겠지, 언젠가는 누군가 나를 도와주겠지 하며 누군가에게 의지해서 살기에는 지금이라는 시간이 무척 소중하다. 지금은 흘러가 버리면 두 번 다시 오지 않을 테니까. 나는 나를 그 시간 속에서 구출해 낼 수밖에 없다. 못된 왕비에게서, 계모에게서, 운명에서 나를 구원할 사람은 나 자신밖에 없다. 그것이 내 인생의 주도권을 가진 인간으로서의 당연한 권리이자 의무이다.

육아에는 아군이 없다

여자들은 결혼과 동시에 그전에 친구가 단 한 사람도 없었던 것과 같은 상태에 놓이기 일쑤다. 심리적으로 모든 것과 괴리감이 생기고, 모든 것으로부터 떨어져 나온 듯한 느낌을 받게 된다. 결혼을 하지 않은 친구에겐 이런 이야기를 해 봐야 이해할 수도 없는 다른 세계의 이야기일 뿐이고, 결혼한 친구들은 자신의 문제에만 갇혀 살게 되어 남의 문제까지 돌아볼 여력이 없어진다. 결국 육아는 나와의 치열한 싸움이 되고, 오직 나만의 문제로만 남게 된다.

친한 친구는 그 어렵다는 임용고사를 힘들게 합격해 놓고도 10년째 교직으로 돌아가지 못하고 있다. 결혼하고 나서 1년간 교사로 일했을 뿐, 첫째를 임신한 것을 계기로 휴직을 시작하고 그사이에 아이를 총 셋이나 낳았으니, 10년 동안 학교로 돌아가는 것이 힘들 만도 했다. 첫째를 낳았을 때 그녀도 나에게 힘든 마음을 토로했다. 아기를 창밖으로 집어 던지고 싶다고도 했고, 아기를 키우느라 너무 힘들다고 하소연하기도 했다. 사실 나는 그때 결혼도 하지 않은 아가씨였기 때문에 그 마음을 전혀 헤아릴 수가 없었다. 왜 자기들이 원해서 아이를 낳았으면서 힘들다고 하는지, 남의 아이를 대신 키워 주는 것도 아닌데 내가 얼마나 힘들게 저 아이를 키웠는지 아느냐는 말을 왜 하는지 도무지 이해되지 않았다. 그러다 보니 친구와 나의 관계는 점점 멀어져 갔다. 만나도 도통 통하는 이야기가 없으니 말이다.

나 역시 가장 가까운 엄마로부터 그런 말을 들은 적이 있다. 너만 아이를 낳는 것도 아니고 세상 모든 여자들이 다 아이를 낳아 키우는데 뭐가 그렇게 힘드냐는 말이었다. 같은 경험을 한 사람은 같은 경험을 했기 때문에, 그런 경험을 하지 못한 사람은 전혀 다른 처지에 있기 때문에 이해할 수 없는 유일한 것이 바로 육아였다. 가장 이해받고 싶은 대상에게 이해받지 못한다는 것은 실망감을 넘어 상실감마저 들게 한다.

육아에는 아군이 없다. 심지어 함께 아이를 낳은 남편조차 나의 아군은 아니다. 주변에서 결혼 몇 년간은 서로 물러서지 않는 첨예한 대립을 지속하며 헤게모니 쟁탈전을 벌이는 커플들을 수없이 보았다. 아이를 낳는 순간 이해받고 싶은 나의 자아와 전혀 이해하고 싶지 않은 남편의 자아가 만나 허구한 날 충돌을 일으켜 대곤 한다. 남편에게 아이를 보는 아내는 하루 종일 집에서 편하게 지내는 사람이고, 아내에게 남편은 육아에서 멀어져 자기 일만 하면 되는 사람이 된다.

게다가 여자들은 결혼하게 되면 남편 말고도 싸워야 하는 대상이 하나 더 늘어나지 않는가. 아마도 시댁 자체가 없는 여자가 아닌 이상 시댁이 주는 괴로움을 한 번쯤 겪어 보지 않은 여자들은 거의 없을 것이다. 아이를 낳고 산후조리원에 있을 때 시어머니는 약을 달이느라 내가 아이를 낳은 지 며칠이 지나서야 산후조리원에 방문했다. 나는 당연히 그 약이 아이를 낳은 나를 위해 달인 건 줄 알았다. 하지만 웬걸, 그건 남편을 위한 약이었다.

아이를 낳은 며느리보다 그 과정을 그냥 쭉 지켜만 보고 있었던 제 자식이 더 귀했던 것이다. 그러면서 시어머니는 그 약은 아이를 낳은 내게는 적합하지 않은 것이니 절대 먹으면 안 된다고 했고, 집으로 돌아간 후에 전화해서는 몸조리 잘하라는 말 대신 남편 뒷바라지를 잘하라는 말을 남겼다. 이처럼 시어머니는 더더욱 아군이 아니다. 나는 2단 콤보로 합쳐진 남편과 시어머니와 끊임없이 싸워 나가야 했다. 남편과 꼬박 싸워 댄 5년 중 3년은 오직 시댁 문제로 싸워 댔고, 나머지 2년은 서로 간의 문제로 대립각을 세웠다.

나는 아내와 며느리라는 이름을 단 후 훈장처럼 화병을 얻었다. 온 입과 식도에 염증이 났고 일상 중의 일상인 먹는 것조차 할 수 없는 지경에 이르렀다. 병원에서는 원인도 병명도 알아내지 못한 채 나를 마루타처럼 검사하기에만 바빴다. 그래서 결국 찾아간 한의원에서는 화병으로 진단했고, 그때부터 병과의 사투가 시작됐다. 5년을 꼬박 남편과 육아 전쟁에서 비롯된 부부 전쟁을 치러 댔으니 신체적 각성이 일어났던 것이다.

임상심리학에서는 부부 관계의 악화가 여러 가지 신체적 각성을 불러온다고 말한다. 심박률 증가, 근수축 증가, 혈관수축 증가, 교감신경계 활동 증가, 부교감신경계 활동 저하, 카테콜아민 및 코르티솔 분비 증가, 편도체 활성화 증가, 혈류의 산소 농도 감소, 내장 및 신장 등 신체 부위에 혈액 공급 저하, 전두엽 활동 감소, 면역 기능 저하 등 부부 갈등에서 오는 신체적 각성에 따른 반응은 심각할 정도이며 무궁무진하다. 이쯤 되면 부부 관계만 좋아도 수많은 질병들을 막을 수 있다고 해도 과언이 아닐 정도다.

그렇다면 내가 낳은 아기는 과연 아군일까? 절대 아니다. 아기는 엄마를 배려해 주는 존재가 아니다. 철저히 자기중심적인 존재다. 엄마가 밥을 먹는 순간에 밥도 못 먹게 응가를 하는가 하면, 엄마가 피곤에 절어 잠을 자야 하는 밤만 되면 오히려 말똥말똥하고 잠을 자지 않으려는 존재다. 이상하게 엄마가 생리적 욕구를 해결하려고만 하면 잘 있다가도 울고불고하는 통에 엄마의 혼을 쏙 빼놓기도 한다. 등에 센서가 달려 내려놓으려고만 하면 잘 감고 있던 눈을 번쩍 뜨는 건 예삿일이다.

우리 집 첫째는 내가 밥만 하려고 하면 울어 댔고, 내가 밥을 먹으려고만 하면 잘 자다가도 눈을 떴다. 기어 다니기 시작했을 때는 온 집을 다 헤집고 다니면서 장롱 속의 옷들을 모두 꺼내 놓고 물티슈는 다 뽑아 놨다. 걸을 수 있게 됐을 땐 우유, 멸치를 바닥에 다 쏟아 놓고선 해맑게 웃고 있었고, 유리로 된 믹서를 두 개씩이나 들어다 패대기쳐서 다 깨뜨려 놓기도 했다. 휴대전화는 창문을 통해 아래층으로 떨어뜨려 놓고, 방충망은 너덜너덜하게 만들어 놓기도 했다. 그뿐인가. 나는 엄마가 된 이후로 과일을 제대로 먹어 본 적이 없었다. 아기가 먹다 남은 사과의 심지를 뜯어 먹는 내 모습을 보고는 이러고 살아야 하나 싶은 생각이 들 때도 있었다.

엄마는 자신의 주변을 둘러싼 모든 존재, 즉 아군인 듯 아군 아닌, 아군 같은 적군들에게 둘러싸여 몇 년 동안이나 육아에 온 힘을 기울여야 한다. 하지만 시간은 간다. 시간이 제 할 일을 열심히 하며 간다는 것이 이때만큼은 얼마나 다행스러운 일인지. 그렇게 중요하다는 육아의 골든 타임은 곧 지나갈 것이고 적군이던 사람들도 서서히 아군이 되어 주는 날이 온다. 그때를 대비해 우리는 꾸준히 준비해 놓기만 하면 된다. 다시 달릴 때 삐거덕대지 않게 몸과 마음에 기름칠을 열심히 한 후 다시 출발선에 섰을 때 기다렸다는 듯 달려 나가기만 하면 그뿐이다.

이런 모든 경험은 엄마를 강하게 만들어 준다. 결혼하기 전에는 그저 힘들기만 했던 직장 생활이 육아를 경험한 후에는 오히려 만만해질 수도 있다. 옛말에 '애 보느니 밭일한다'고 했다. 그만큼 아이를 키우는 일은 세상의 어떤 일들보다도 힘들다는 이야기다. 그렇게 힘든 일도 해낸 엄마들이다. 그렇다면 직장에서 하는 일쯤은 식은 죽 먹기가 아니겠는가. 게다가 우리는 말이 통하는 사회인들과 일할 테니 말이다.

엄마가 내 이름은 아니다

사람들은 아이가 태어나면 부모의 소망을 담아 아이의 이름을 짓는
다. 그 아이가 어떻게 자랐으면 좋겠는지 소망하는 미래를 아이의
이름에 담아 둔다. 그래서 아이의 이름을 지을 때 부모들은 신중해
지고, 좋은 곳을 찾아가 이름을 짓는 등 공을 들인다.

　내 이름에도 역시 부모님의 소망이 담겨 있다. 가끔 어떤 가수 아
저씨의 이름과 헷갈려서 잘못 부르는 사람들도 있지만, 좋은 뜻을
담고 있을 것이다. 아버지가 처음에 다른 이름을 지었지만 작명소
에서 단명할 이름이라고 하여 당시에 쌀 한 가마니 값을 주고 지었
다고 한다. 남자 이름 같지만 특이한 이름 덕분에 사람들에게 쉽게

기억되곤 했다.

하지만 나는 엄마가 된 후에 이름을 잃어버리기 시작했다. 가장 먼저 이름을 잃은 곳은 바로 집에서였다. 남편은 연애 시절 친절하게 내 이름을 불렀지만, 결혼하고 나더니 누구 엄마나 다른 호칭으로 부르기 시작했다. 물론 내가 더 이상 남편을 오빠라고 부르지 않는 것과 같은 이치다. 가끔 나는 전우애로 산다는 부부들을 보기도 하고, 가족끼리는 스킨십을 하면 안 된다는 사람들을 만나기도 한다. 그렇게 되기까지 우리는 남편 안에 있는 남자와 내 안에 있는 여자를 철저히 잊어버린다.

나는 가끔 내 이름을 불러 주던 남편의 모습이 그리울 때 내가 먼저 남편을 오빠라고 부른다. 이상한 건, 남편이 그냥 나를 다른 호칭으로 부를 때보다 이름으로 부를 때 더 다정해진다는 것이다. 나 역시 남편을 오빠라고 부를 때 더 상냥해지고 애교가 넘친다. 우리는 서로의 정체성을 알아주기를 원하는 사람들일지 모른다. 아무도 내 이름을 불러 주지 않아도 내 곁에 단 한 사람만큼은 내 이름을 다정하게 불러 줬으면 하고 바라게 되는 존재들 말이다.

평생 내 이름을 가장 많이 불러 주는 사람은 부모일 것이다. 그런데 결혼 후 친정엄마 역시 나의 이름을 잊기는 마찬가지였다. 아이를 낳고 나서는 딸인 나를 보며 더 이상 내 이름을 부르지 않고 손자 이름으로 부르곤 했다. 누군가의 딸이었던 내 모습은 드디어 자취를 감췄다. 내 부모에게조차도 누군가의 엄마인 나만 남게 된 것이다.

이름은 사람의 정체성이다. 우리는 '나'라는 정체성을 내려놓고, 오로지 나의 정체성을 '엄마'에 맞추게 될 때가 많다. 다른 이들에게도 역시 나의 정체성은 내가 아니라 엄마인 나밖에 없다. 때로는 아이의 이름이 아닌 내 이름으로 불리는 것이 어색할 때도 있을 정도다. 그렇게 이어지다 보면 우리가 우리로 살 수 있는 시간은 고작해야 이삼십 년밖에 되지 않을지도 모른다. 아이들을 다 키워서 누구 엄마라는 이름을 벗게 되면 다시 누구 할머니로 불리게 되지 않을까.

엄마가 된 후 가장 이해할 수 없었던 건 아이가 다니는 어린이집, 유치원, 초등학교의 다른 엄마들이 나를 아이 이름으로 부를 때였다. 누구 엄마도 아닌, 아이 이름으로 나를 부를 때 말이다. 그 자체가 나는 너무 낯설고 받아들이기 어려웠다. 물론 다 큰 어른들 사이에서 나보다 어린 사람이라도 상대의 이름을 부르는 것이 어색할 수 있다. 엄마들끼리 서로의 이름을 굳이 물어보는 것이 겸연쩍을 수도 있다. 아이 이름으로 불리는 것도 시간이 지나면 익숙해지긴 하지만, 이렇게 가다가는 아이가 태어나서부터 고등학교에 진학할 때까지 여자들은 이름을 찾을 수 없게 된다. 이상한 것은 남자들은 아빠가 돼도 서로의 이름을 물어보는데, 여자들은 엄마가 되면 서로의 이름은 궁금해하지 않는다는 것이다. 그냥 아이 이름을 아니까 그걸로도 충분해진다.

어느 날, 결혼 전부터 친했던 친구가 다른 엄마들을 부르는 게 습관이 되었던지 나를 '자기야'라고 불렀다. 우리는 충분히 서로의 이름을 부를 수 있는 사이였는데도 다른 엄마들을 부르던 습관을 오랜 친구인 나에게도 적용했던 것이다. 결국 친구에게도 나의 이름은 잊히고 말았다.

큰아이가 초등학교에 입학한 후 나는 반 대표를 맡게 됐다. 첫아이니까 좀 더 챙겨 주고 싶었고, 동네에 아는 엄마들이 별로 없어서 여러 사람이랑 친해지고 싶은 마음도 있었기에 자원 반, 떠밀림 반으로 반 대표가 됐다. 엄마들의 명단을 보고 나는 아이 이름과 함께 엄마들 이름을 모두 휴대전화에 저장했다. 누구 엄마 대신 그 사람의 이름을 불러 주고 싶었기 때문이다. 내가 엄마들의 이름을 부르기 시작하자, 처음에는 그게 누구냐고 묻던 엄마들도 점점 서로의 이름을 부르는 일이 많아지기 시작했다.

우리가 애써 누군가의 이름을 불러 주려고 노력하지 않는 이상 우리의 이름은 엄마라는 이름 뒤로 숨겨질 때가 많다. 엄마라는 이름을 갖게 된 것도 우리에겐 행복이고 행운이다. 하지만 하루 종일 엄마를 부르며 따라다니는 아이들을 향해 엄마 좀 그만 부르라는 말이 나올 정도로 엄마의 이름은 무겁기만 하다. 그리고 우리는 엄마라는 이름 하나로만 살 수는 없다. 지금은 우리를 졸졸 따라다니며 귀찮게 하는 아이들도 언젠가는 오히려 나를 귀찮아할 수 있고, 엄마가 필요 없게 되는 시점이 오기 때문이다. 그때 가서 나의 진짜 이름을 찾으려 하지 말고 지금 당장 내 이름을 찾자. 엄마라는 호칭은 아이들이 불러 주는 것만으로도 충분하니 말이다.

우리에게도 부모의 염원과 희망이 담긴 이름이 따로 있다. 우리는 너무 많은 시간 동안 나를 잊어 왔다. 엄마, 아내, 며느리로서 감당해야 하는 역할에만 충실하게 사느라, 나조차도 나를 기억하지 못하고, 내가 나로서 할 수 있는 일에 대해서도 생각해 보지 못했다. 내가 다시 재취업에 성공했을 때 5년 동안 엄마의 역할 뒤로 숨겨진 내 이름을 드디어 찾게 됐다. 직장에서만큼은 내가 누군가의 엄마인 걸 모두가 알고 있었지만, 아무도 나를 누구 엄마라고 부르지 않았다. *내 이름이 아무리 아픈 것이든, 부끄러운 것이든 내가 나로 살기 위해서는 내 이름을 찾아야만 한다. 이름을 찾고 나서야 비로소 나 자신의 존재 자체를 증명할 수 있기 때문이다.*

나는 오랜 시간 동안 내 이름을 부끄럽게 생각했다. 아버지가 살아생전 이 사람 저 사람에게 사기를 쳤던 일들, 여기저기서 안 좋은 행동을 해 댔던 일들, 그런 과정 중에 내 이름을 알게 된 사람들이 훗날에 나를 알아볼까 봐 걱정되기도 했다. 나의 이름에는 부모로부터 받은 아프고 쓰라린 역사가 함께 들어 있다.

하지만 암울하고 힘들었던 역사 속에서 늘 함께했던 이름에 영광의 자리 하나쯤은 돌려주기 위해 노력하고 있다. 부끄럽게만 생각했던 이름을 알리고, 그 이름으로 여러 가지 일을 하게 될 날을 꿈꾼다. 지금까지는 아프고 힘들었지만 지난 역사를 가지고 있어야 이후의 변화되고 성공한 역사까지 진정한 내 것이 될 수 있으리라. 나는 내 이름을 듣는 누군가에게 희망의 메시지를 전달하고 싶다. 내 이름 자체가 절망으로 가득한 사람들에게 희망의 아이콘이 될 수 있도록 살고 싶다.

앞으로 아이들에게 부끄럽지 않은 엄마가 되고, 아이들이 결코 부끄러워하지 않을 엄마의 이름을 유산으로 남겨 줄 것이다. 나는 부모가 몹시도 부끄러웠지만 아이들에게는 어디에서도 당당하게 말할 수 있는 자랑스러운 엄마의 이름을 물려줄 것이다. 그것이 내 아이들도 자신의 이름에 자신감을 갖게 해 주는 통로가 되어 줄 거라 믿는다.

언젠가부터 내 인생인데 내가 빠져 있다

내 인생의 주인공은 나라는 것을, 나여야 한다는 것을 우리 모두는 너무나 명확하게 알고 있지만 그 주인공 역할을 스스로 포기하고 잊어버리게 될 때가 많다. 우리의 마음이 나를 향해 있지 않고 다른 사람을 향해 있을 때는 내 인생의 주도권을 다른 이에게 쉽게 뺏길 수밖에 없다. 특히 누군가를 시기 질투하는 것은 우리의 마음을 좀 먹고 아무리 노력해도 그 사람처럼 될 수 없다는 것은 우리를 무기력하게 만든다.

예전에 뉴스에서 이런 기사를 본 적이 있다. 어느 서울대학교 학생이 자신의 옥탑방에서 투신자살했는데, 그의 유서에는 자신의 뇌는 알고 보니 금 전두엽이 아니었고, 결국 자신은 금수저를 물고 태어난 아이들 밑에서 일을 해야 한다는 사실이 충격이라는 내용이 적혀 있었다. 자신의 전두엽이 금으로 되어 있다고 생각할 정도로 그 학생은 똑똑했던 것 같다. 그는 과학 고등학교를 조기 졸업해서 10대에 서울대학교에 입학했으며, 국가에서 지급하는 장학금을 받고 대학을 다니고 있었다. 그 학생이 자살하던 날 정확히 어떤 일이 있어서 자살하는 지경에 이른 것인지 자세한 내막까지는 알 수 없지만, 아마도 자신이 주인공이던 삶을 살다가 어느 순간부터 금수저를 물고 태어난 아이들에게 주인공 자리를 내주었을지도 모른다. 그전까지는 모든 것을 자신의 노력으로 이룰 수 있었던 것에 비해, 나에게 금수저를 물게 해 줄 부모는 자신의 노력으로 절대 바꿀 수 없다는 것에 첫 번째 좌절감을 맛보았을 것이다.

초등학교 2학년 때 담임선생님은 늘 옆 반의 예쁜 여자아이 이야기를 하곤 했다. 우리 학교 육성회장의 딸이었는데, 항상 예쁜 옷을 입고 단정하게 머리를 꾸미고 다니던 공주 같은 아이였다. 담임은 1학년 때 그 애 담임을 맡았었는데, 2학년 우리 반 아이들과 그 아이를 끊임없이 비교하곤 했다. 너희는 왜 걔처럼 하지 못하느냐고 말이다. 나는 잘 알지도 못하는 그 애가 무척 부러웠다. 더군다나 시골 학교에서 힘깨나 쓴다는 육성회장 딸이기도 하여 모든 아이들이 그

애를 공주님처럼 떠받들기까지 했다.

그러다 보니 그 아이의 파워는 막강했고, 자신의 마음에 들지 않는 아이들을 하나하나 지목하면서 왕따를 시키곤 했다. 그 아이와는 고등학교 때까지 같은 학교에 다녔는데, 나에겐 그 존재가 오히려 힘이 되었다. 그 아이 하나만은 이기고자 하는 투지로 공부에 대한 의욕이 충만했었으니까. 하지만 나 자신보다 그 아이를 생각하는 시간이 더 많았다. 그래서 때로는 굴종적인 느낌에 휩싸이곤 했다. 내가 그 애를 성적으로 이기고 나서야 그 아이를 뺀 온전한 내 인생을 돌려받을 수 있게 됐다.

우리는 늘 누군가의 이야기를 하곤 한다. 여고생일 때나, 여대생일 때나, 엄마가 됐을 때나 하나같이 다른 여자 이야기를 하기 바쁘다. 아이들을 유치원이나 학교에 보내 놓고 카페에 모여 있는 엄마들의 대화 내용을 듣고 있자면 거기엔 자기들 이야기는 단 하나도 없다는 것을 5분만 지나도 느끼게 될 것이다. 서로의 아이들 이야기부터 서로의 남편들 이야기를 넘어 자기들 반의 다른 엄마, 남의 반의 다른 엄마 이야기까지, 대화의 당사자들만 쏙 뺀 빈껍데기 이야기들만이 난무한다.

내 인생을 제대로 살아 본 적이 없어서 남의 이야기만 하는 것인지, 아니면 내 온통의 관심은 나에게 있지 않고 오직 다른 사람에게

만 있어서 그런 것인지는 잘 모르겠다. 어쨌든 엄마가 되면 우리는 우리 자신의 이야기는 잘 하지 않는다. 어쩌면 할 이야기가 없을 정도로 단조로운 생활을 하고, 나 자신에 대해서는 잘 생각해 보지 않는 삶을 살게 되어서 그럴지도 모르겠다. 심지어 부부간에 대화할 때조차 아이들 이야기를 빼고 온전히 자신들만의 이야기만 5분 넘게 하는 것이 엄청 힘들다는 이야기를 들은 적도 있다. 이 글을 읽은 후 오늘 남편과 대화를 한번 해 보자. 만약 아이들 이야기를 뺀 오직 자신들만의 생각과 자신들만의 이야기를 5분 넘게 할 수 있다면 현재 당신은 주도적인 삶을 살고 있다고 해도 과언이 아니다.

어느 순간 나는 나를 뺀 이야기들에 넌더리가 나기 시작했다. 동네의 다른 엄마들을 만나서 이야기해도 재미가 없었다. 왜 만나면 아이 이야기만 하고 있어야 하는지, 우리는 서로의 이름도 잘 모르면서, 서로의 생각과 고민에 대해서는 잘 이야기하지도 않으면서 그렇게 서로 아는 사람들 행세를 하면서 한자리에 앉아 이야기를 나누는 것인지 도통 이해가 되지 않았다. 아이들이 서로 싸운다든지, 아이들이 다른 반이 된다든지, 아이들이 다른 중학교나 고등학교로 진학하게 된다든지 하는 변화가 생기면 엄마들끼리의 관계는 그냥 끝나기 마련인데 말이다.

이런 관계는 전혀 관계에 대한 유대감을 느끼게 해 주지 못할 뿐 아니라, 그런 관계들만 지속되자 관계에 대한 허무함만이 밀려들었다. 심지어 내가 내 인생을 사는 것인지 남편 혹은 자식의 인생을 대신 살고 있는지에 대한 감각조차 둔해지기 시작했다. 엄마들의 삶은 그렇게 흘러가는 것이 당연한 거라고 인식하는 순간, 우리는 우리가 왜 이렇게 살고 있는가에 대한 의문조차도 가질 수 없게 된다. 그러다가 문득 아이들이 다 떠나간 후 '빈 둥지 증후군'에 시달리면서 내게 남은 건 단 하나도 없다는 걸 느낄 땐 인생의 의미 같은 건 좀처럼 떠오르지 않게 될 것이다.

　많은 연구에 따르면 결혼 만족도는 삶의 주기에 따라 극적으로 감소하며 자녀가 집을 떠나게 되는 시점에서 다시 증가하는 것으로 나타난다. 즉 아이를 낳는 것을 시작으로 부부의 행복지수는 하향선을 그리기 시작하면서 아이가 청소년이 되면 최하점을 찍게 되고, 아이들이 성인이 된 이후로 다시 상향 곡선을 긋게 된다고 한다. 이것은 여성에게서 더 뚜렷이 나타난다고 하는데, 아무래도 남성보다 여성이 자신의 삶을 희생하는 경우가 많기 때문일 것이다. 아이들이 태어나서부터 사춘기가 되기까지의 과정에서 나의 모든 에너지와 관심은 아이에게만 향하게 되고 그로 인해 발생하는 스트레스가 우리의 행복감을 상당 부분 빼앗아 간다고 한다. 이런 연구 결과들을 보면, 아이들이 부모의 품을 떠났을 때 부모는 빈 둥지 증후군을 겪게 되지만, 오롯이 나 자신에게 관심을 집중하고 나만을 생각할 때의 행복감이 빈 둥지 증후군을 훨씬 더 뛰어넘는다는 것을 알 수 있다.

하지만 아이들이 우리 품을 떠날 때까지 기다리기엔 지금의 나의 시간이, 지금의 내가 너무 아깝다. 나를 잃어버린 내 삶은 결코 행복해질 수 없다. 엄마들이 자기 자신을 위해서는 단 한 가지의 일도 하지 못하고 내 삶의 주파수를 오직 남편과 아이들에게만 맞추게 되면 엄마의 정체성은 기어이 흔들리게 된다. 분명한 것은 나를 잃어버린 엄마는 외롭다는 사실이다. 모든 것을 희생하고 자신에게는 아무것도 남겨 놓지 않은 껍데기뿐인 엄마의 삶은 자기 자신은 물론 가족 전체를 불행하게 만들 것이 뻔하다. 내가 주인공이 되는 삶을 포기하면 먼 훗날 아이들과 나눌 이야깃거리도 없게 된다. 자식들은 크면 자기 이야기는 하지 않기로 작정한 사람들로 돌변하니까 말이다.

우리는 우리를 포함한 삶을 살아야 한다. 나 자신의 이야기도 할 수 있는 사람이 돼야 한다. 잃어버린 나만의 삶을 나에게 돌려주었을 때 비로소 우리는 가족들과 그리고 다른 사람들과 더 많은 이야기를 할 수 있다.

인생에 더 이상 변명은 없다

자기계발 작가 윌리스 R. 휘트니는 "사람들은 자신이 하고 싶은 일 앞에서 그 일을 할 수 없는 수천 가지 이유를 찾고 있는데, 정작 그들에게는 그 일을 할 수 있는 한 가지 이유만 있으면 된다."고 말한다. 성공하는 사람들의 공통점은 자신의 아주 작은 가능성이라도 믿고 행동하는 데 있고, 실패의 기회조차도 갖지 못한 채 우물쭈물 허송세월만 하는 사람들의 공통점은 자신이 그 일을 할 수 없는 수십 가지의 이유를 대기에 바쁘다는 데 있다.

30대 중후반에 접어들게 된 여성들은 마흔이라는 나이가 몹시 두려운 것 같다. 교회 모임을 갖던 중, 많은 이들이 마흔이 되기 전에 뭐라도 시작하고 싶다고 했다. 사실 서른이 돼도 인생에 뭔가 큰 사건이 일어나지 않았던 것처럼 마흔이 돼도 크게 변하는 것은 없을 테지만, 숫자가 주는 압박감과 마흔이 되면 진짜 일할 곳이 없을지도 모른다는 두려움이 클 것이다.

그런데 일을 하고 싶다고 하면서, 자기 인생이 그냥 이렇게 흘러가 버릴까 봐 두렵다고 하면서도 자기가 왜 일을 하고 싶은지, 자기가 왜 일을 해야 되는지에는 집중하지 않고, 지금 일을 할 수 없는 갖가지 이유들을 나열하는 사람을 보게 된다. 아이가 한 번도 다른 사람과 지내본 적이 없다든지, 학교가 끝나면 아이들끼리만 집에 있어야 한다든지, 아직 오지도 않은 아이 방학 기간을 도대체 어떻게 보내야 할지 모르겠다든지 일을 할 수 없는 이유는 다양했다. 진짜로 일을 하고 싶은 것인지, 하고 싶다고 하면서도 할 수 없는 이유들을 나열해 그냥 머물러 있고 싶은 자신의 마음을 정당화하려는 것인지 도통 분간이 되지 않았다.

나는 일을 다시 시작하기 전, 오직 일을 해야 한다는 일념 하나만 가지고 있었다. 일을 하고 싶어서 하는 사람이 얼마나 되겠나. 일하고 싶다가도 일정 시간이 지나면 그것은 다시 단조로운 일상이 되고 설레던 일들도 평범한 일이 되기 십상인데 말이다. 일이 좋아서 일을 하고 싶었던 것보다는 언젠가 다시 찾아올 기회와 꿈을 맞이

하고 싶은 열망 하나로 다시 일을 시작했다. 그냥 집에만 있다가는 말라 죽어 버릴 것만 같은 두려움이 일에 대한 두려움을 앞지르기도 했다. 아이는 어린이집을 다니고 있을 때라 하루 종일 어린이집에 있어야 했다. 물론 처음엔 울고불고하는 아이를 떼놓고 일하러 나가면서 마음이 찢어졌고 저러다 아이의 마음에 지울 수 없는 상처를 남기는 것이 아닌가 걱정도 됐다.

하지만 신은 인간을 그렇게 나약하고 찢기기 쉬운 존재로 만들어 놓지 않았다. 만약 엄마가 일하러 가서 어린이집에 있어야 하는 시간이 아이에게 상처를 주고, 아이에게 씻을 수 없는 트라우마가 되고, 심지어 정신병이라도 생기게 한다면 우리 중 어느 누구도 온전한 인간이 될 수 없었을 것이다. 그 옛날엔 아이들은 그냥 던져 놓으면 알아서 크는 존재이기까지 했으니 말이다. 엄마들은 아이를 기관에 맡기면 불안해하지만, 정작 아이들은 엄마와 헤어지는 시간에만 잠깐 울 뿐 이후에는 아이 나름대로 자신의 삶을 살게 된다.

또래 친구들과 놀고 어린이집 선생님과 생활하는 것이 아이에겐 아이의 삶으로 바뀌게 되는 것이다. 그 과정에서 아이는 스스로 생존 방식과 능력을 터득하게 되고 나름의 사회성을 키우게 된다. 문제는 아이가 다른 사람 손에 맡겨지는 것 자체가 아니라 그 이후의 시간 동안 엄마와 맺는 관계에 있다. 물론 피곤한 엄마가 퇴근 후에 아이까지 살뜰하게 챙기려면 여간 힘든 것이 아니지만, 우리는 이미 육아에서 양보다는 질이 더 중요하다는 것을 누구보다 잘 알고 있지 않은가.

이스라엘에서는 돌이 지나면 모든 아이들을 무조건 어린이집에 보낸다고 한다. 엄마가 일을 하든 하지 않든 그것이 중요한 게 아니라, 돌이 지난 이후부터는 아이들이 사회성을 길러야 하기 때문이란다. 우리의 생각대로라면 너무 이른 나이에 부모와 떨어진 이스라엘의 모든 사람들은 큰 문제들을 겪어야 한다. 그러나 세계를 움직이는 많은 사람들 중 유대인이 다수 포함돼 있고 그들의 교육법 역시 전 세계적으로 유명한 걸 보면 부모와 떨어지는 것이 우리가 우려하는 만큼의 문제가 아닐 것이다. 모든 아이들이 어린이집에 가기 때문에 이스라엘 엄마들은 죄책감을 느끼지 않는다고 한다. 우리가 아이를 학교에 보낼 때 죄책감을 느끼지 않는 것과 같은 이치다.

우리의 환경에서는 누구는 엄마와 하루 종일 집에 있는데 누구는 어린이집에 가야 하는 비교되는 모습 때문에, 즉 다른 아이와 내 아이의 다른 환경 조건 때문에 우리 스스로 죄책감을 만들어 내는 경우가 더 많다. 아이가 엄마와 하루 종일 함께 지내는 것이 곧 아이가 더 질 좋은 양육환경에 놓여 있다는 것을 의미하지는 않는다. 하루 종일 엄마가 아이에게 친절하고 따뜻하기란 정말 힘든 일이기 때문이다. 다시 말해 아이를 어딘가에 맡겨야 하는 상황 자체가 문제가 아니라 '나쁜 엄마 증후군' 내지는 죄책감에서 어떻게 하면 자유로워질 수 있을지가 더 본질적인 문제다.

요즘은 정부에서 지원해 주는 다양한 제도가 있다. 집에 와서 아이들을 봐 주는 선생님도 있고, 주변을 둘러보면 동네에서 아이를 봐 주는 엄마들도 심심치 않게 볼 수 있다. 나는 아이가 방학하면 그동안은 365일 어린이집에 보냈다. 365일 어린이집은 방학 동안 다른 어린이집을 다니는 아이들도 받아 준다. 처음엔 걱정했지만 아이는 생각보다 잘 적응해 줬고, 심지어 방학이 끝났을 때도 365일 어린이집에 가고 싶다고 말하곤 했다. 이후로는 방학이면 으레 그 어린이집에 가는 것이 당연한 일이 됐고, 아이에게도 보통의 일상이 되어 자연스레 받아들여졌다. 그리고 여의치 않을 땐 지인에게 하루 얼마씩 사례비를 주고 아이를 맡겨 놓기도 했다. 마음만 먹으면 우리가 지금 염려하는 모든 문제들이 아무것도 아닐 수 있고, 막상 상황이 닥치면 해결할 여러 방법들이 내 앞에 떡하니 나타나 주기도 한다.

사실은 그런 상황들이 문제가 아니라 내가 과연 다시 일할 수 있을까에 대한 의심과 염려에서 나오는 나의 내면의 목소리가 본질인 경우가 더 많다. 만약 내가 진짜로 일을 하고 싶고, 일을 해야 할 이유가 충분하고, 내가 진정으로 변화를 원한다면 그것이 일할 수 없는 여러 조건을 덮어 버려야 한다. 그런데 나의 삶과 의지는 이미 현실에 안주하기로 작정하는 데 익숙해져 있을 것이다.

아이 친구 엄마 중 한 명은 동네에서 하는 일이 엄청 많다. 배우고 있는 것도 많고, 운동도 매일 꾸준히 하고, 학교에서 봉사하는 일도 많다. 아마 밖에 나와 있는 시간을 따지면 풀타임으로 일하는 것과 맞먹는 시간일 것이다. 그렇게 밖에서 오랜 시간을 보내지만 그녀는 결코 일은 하고 싶지 않다고 한다. 그냥 남편이 벌어다 주는 돈으로 생활하는 것이 편하고 좋다고 했다. 물론 남편이 벌어다 주는 돈으로 취미 생활하고 봉사하는 것만큼 편한 생활은 없을 것이다. 하지만 남편은 영원히 나를 위해 살아 주는 존재가 아니다. 언젠가는 남편도 늙을 것이고, 더 이상 경제활동을 할 수 없게 될 것은 뻔하다. 그런 다음에야 일을 찾으려고 했을 때는 이미 당신은 세상으로부터 완전히 소외된 이후일 것이다. 그리고 당신의 자녀는 당신의 무기력과 안주를 닮아 있을지도 모른다.

우리의 뇌는 변화를 극도로 꺼린다. 변화하기를 희망하면서도 변화 앞에서 저항하게 되는 것은 우리의 뇌가 현실에 안주함으로써 안전함을 느끼고 싶어 하기 때문이다. 우리는 노력하지만 마치 뇌가 우리의 노력을 비웃기라도 하는 듯 말이다. 이 뇌의 저항감을 이겨 내려면 정해진 시간에 똑같은 행동을 하거나 같은 생각을 끊임없이 반복함으로써 뇌의 의지를 꺾어 놔야 한다. '이 사람이 정말로 이걸 원하고 있구나, 그만 포기하자' 하게 만들어야 한다. 즉, 경험을 통해 그것을 나에게 익숙한 것으로 만들어야 한다.

우리는 우리의 뇌로부터 전파되는, 우리의 내면으로부터 전해져 오는 저항감을 충분히 극복하고 이겨 낼 수 있다. 하지만 그 과정이 결코 호락호락하지만은 않기에 중도에 포기하거나 아예 이기려는 시도조차 하지 않는 경우가 많다. 힘들고 피곤한 과정을 겪어 내는 것보다 그냥 주저앉고 마는 것이 훨씬 편하기 때문이다. 우리는 얼마나 많은 시간을 그냥 주저앉고 말았던 자신을 보며 실망해 왔던가.

대부분의 여자들이 남편의 은퇴 시점이 다가와서야 부랴부랴 취업전선에 뛰어든다. 나는 부유하게 살면서도 아이 학원비를 내기 위해 대리운전을 하는 여성을 만난 적이 있다. 할 줄 아는 게 운전이나 하면서 돌아다니던 게 전부였던지라 대리운전을 한다고 했다. 서울의 부유한 동네에 살고 있었고 어디 가서는 사모님 소리까지 듣던 사람이었는데 말이다. 만약 그녀가 한 살이라도 어렸을 때 자신의 역량을 개발하고 자신의 경력을 관리하기 시작했다면 밤늦게 위험한 길 위를 달리지 않아도 됐을 것이다.

나의 중년과 노후를 험난한 과정으로 만들고 싶지 않다면 우리는 조금이라도 어렸을 때 내가 다시 일을 해야 하는 이유에만 집중해야 한다. 당신의 최적화된 무기력과 변명에 이제는 안녕을 고해야 할 때이다.

Part 2

이 나이에
어떤 일을 할 수 있을까

이 나이에도 다시 일할 수 있을까?

사람은 의미 있는 일을 하면 심장이 뛰게 되어 있다. 그런데 그런 일을 자꾸 해 버릇하지 않으면 심장은 어떤 자극에도 뛰지 않는 상태가 될 뿐만 아니라 나의 모든 기관들이 감각을 잃게 된다. 대부분의 사람들은 무모한 도전은 청춘일 때나 가능한 것으로 여기면서 산다. 자신이 정해 놓은 도전의 시간이 지났을 때는 무언가를 새롭게 시작하는 것보다 이미 이루어 놓은 것을 누리는 시기라고 생각하면서 말이다.

그런 생각은 우리의 수명이 60세 정도에서 멈추었을 때나 가능한 이야기가 됐다. 우리의 정년이 60세라고 해도 과거에는 수명이 길어야 60~70세였기 때문에 벌어 놓은 돈으로 노후를 충분히 보낼 수 있었지만, 100세 시대로 접어든 지금은 아니다. 생각하는 것보다 훨씬 더 오래 살게 됐고, 그 때문에 준비된 노후 계획과 자산이 더욱 필요한 시대가 됐다. 다양한 사회 현상으로 아내들은 갑작스러운 남편의 실직과 사업 실패, 이혼 등 예기치 못한 극한 상황을 미리 대비해야 한다. 이 나이에도 다시 일할 수 있을까를 고민할 것이 아니라 당연히 어느 때라도 준비를 해야 하는 것이다. 물론 가급적 최대한 이른 나이에 시작하면 좋겠지만 늦었다고 생각되는 시기에라도 우리는 변화를 준비해야 한다.

구청에서 직업상담사로 일했을 때 같이 일하던 동료 중 네 사람은 이미 중년을 지나 노년으로 넘어가고 있었다. 모두 그전에 다른 일을 하다가 새롭게 직업상담사 자격증을 취득하여 제2의 인생을 살아가고 있는 사람들이다. 어떤 이들은 이 나이에 자격증을 취득해봤자 막상 취업도 못 하고 돈과 시간만 버리는 것은 아닐까 걱정부터 하다 자격증 취득에 도전조차 하지 않는 경우도 있다. 그런데 대한민국에는 늦은 나이에 다시 인생을 설계하려는 사람들을 위해 마련되어 있는 제도가 생각보다 많다. 각 구청을 비롯해 주민센터, 시청 등에서 여러 가지 이름의 사업을 만들어 그들이 다시 일을 시작할 수 있도록 도와주고 있다.

남편과 결혼하고 한창 부부싸움과 냉전을 오갈 때, 우리는 신혼부부들과 결혼을 준비 중인 커플들을 대상으로 자신의 재능을 기부하고 있는 분을 만나게 됐다. 그분은 원래 다른 분야로 박사학위를 취득하던 중이었는데 첫아이가 태어나는 바람에 계속 학업을 이어 갈 수 없게 됐다고 한다. 10년 동안 아이들만 키우다가 마흔이라는 늦은 나이에 다시 심리학을 공부하게 되었고 대학원 과정까지 이수했다고 한다. 예순이 다 되어 가는 나이에도 여전히 젊은 커플들, 많은 부부들을 대상으로 5주 과정 프로그램을 운영하고 있고 여기저기에서 상담해 주면서 자신의 재능을 펼치고 있었다. 그분을 보면서 심리학 공부를 시작할 용기를 얻었다. 나보다 늦은 나이에 시작해서 자신의 분야에서 일하고 있는 사람이 있다는 것은 나에게 멋진 도전 과제가 됐다.

사람들은 변화 앞에서 두려움을 느낄 때가 많다. 나이에 대한 두려움이라고 생각할 때조차도 실은 변화에 대한 두려움인 경우가 더 많다. 두려움은 실재하는 것이 아니라 우리의 느낌일 뿐이다. 두려움을 꼭 끌어안고 있다 보면 안전할지는 몰라도 그냥 그 자리에 주저앉게 된다. 그런데 그렇게 제자리에 머물러 있기에는 여생이 너무 길다. 두려움에 빠져 있는 사람들은 자기 세계에 갇혀 있는 경우가 많다. 이런 사람들은 주위에 잘 반응하지 않는다. 누군가가 바로 옆에서 무엇을 물어도 그것이 들리지 않는 멍한 상태에 빠져 있는 것이다. 두려움은 받아들일수록 더 빨리 사라진다. 거기에 저항하는 것이 아니라 그것을 당연한 것으로 받아들이면 오히려 나의 편이 돼 준다. 두려움 앞에서 힘을 주지 말고 힘을 빼야 한다는 말이다. 나이가 들면 용기가 떨어진다는 말은 우리가 안정을 추구하기 위해 만들어 낸 변명 내지는 자기기만일지도 모른다.

《신과 나눈 이야기》라는 책에는 'REACTIVE(반응하는)'라는 단어와 'CREATIVE(창조하는)'라는 단어를 비교하는 부분이 나온다. 두 단어를 자세히 들여다보면, 알파벳 C의 위치만 서로 다르다. 첫 번째 단어에는 알파벳 C가 중간에 있고, 두 번째 단어에는 알파벳 C가 맨 앞에 있다. 알파벳 C 하나만 서로 자리를 바꾸었는데도 두 단어의 의미가 완전히 달라진다. 모든 현상과 조건을 그저 주어진 대로만 받아들이는 것이 반응하는 것이고, 주어진 것을 새롭게 만들어 내는 것이 창조하는 것이다. 우리의 생각을 어떻게 바꾸느냐에 따라 우리의 태도와 인생이 바뀔 수 있다. 그저 모든 현상을 그냥 주어진 대로 받아들이고 순응할 것이 아니라 중간에 있던 C를 맨 앞으로 보내 좀 더 창조적인 사람이 돼야 한다. 중간에 있다가 앞으로 나온 C는 내가 볼 때, 'Courage(용기)'의 C가 아닐까 한다. 죽어 있던, 잠들어 있던 용기의 글자를 꺼내어 맨 앞에 두면 우리의 삶은 그저 반응하는 삶을 넘어 창조하는 삶이 될 수 있다.

나의 20대는 정말 볼품없고 하찮기까지 했다. 그때의 나는 지금보다 훨씬 더 용기가 없었고, 패배주의와 허무주의, 우울감에 빠져 있던 적이 많았다. 시골에서 서울로 대학을 와서 서울 여자들 사이에서 주눅 들 때가 많았다. 지하철 하나도 제대로 못 타서 쩔쩔매기도 했으며, 차비가 없어서 학교까지 수십 정거장을 걸어 다니기도 했다. 그때는 남들의 눈을 의식하느라 여념이 없었고, 그냥 공무원이라는 안정된 직업 하나만 갖고 살고 싶었다. 그것마저 실패하니 더큰 패배주의에 빠졌고, 20대에 여러 직업을 전전하다 30대에 접어들어서야 일다운 일을 시작하게 됐다.

정작 청춘일 때는 도전 정신이라고는 눈곱만큼도 없었는데 엄마가 되고 나니 세상에 무서울 게 하나도 없었다. 엄마가 돼서 실패한들 실패했다고 나무랄 사람은 아무도 없기 때문이다. 청춘에 제한을 두고 살아왔다는 것이 몹시 억울하기도 했다. 더 이상 미련을 두거나 후회하는 삶을 살고 싶지 않았고 무서울 것도 없어지니 행동도 거침없어지는 것은 당연했다.

두려움을 극복하고 행동으로 옮기는 순간 기회와 가능성은 내 것이 된다. 왜 우리는 기회와 가능성은 젊은 사람의 것이라고만 생각하고 이제는 내 것이 될 수 없다고 제한해 버리는 걸까. 젊었을 때 용기가 없었더라도 나이 들어 나처럼 용기가 생길 수도 있고, 젊은 시절 크게 주목받지 못했어도 나이가 들어 더 두각을 나타내는 사람도 있다. 어떤 이는 나이가 들면 들수록 더 돋보이고 아름다워지고 더 사랑받기까지 한다. 만약 내가 나이 들어서도 나 자신에게 제한을 두는 삶을 살았다면 지금 이 책은 세상에 나오지 못했을 것이다. 계속해서 생명력을 잃지 않고 살 것인지, 그만 시들어 버린 화병 속 장미가 될 것인지를 선택하는 것은 오직 자신에게 달려 있다.

나이가 들어서도 유쾌함을 잃지 않으려면 나만의 일이 있어야 한다. 자꾸 지난날을 이야기하며 과거의 영광만을 이야기하는 사람의 모습은 얼마나 재미없고 지루한가. 예순이 넘어서도 자신의 인생 제2막을 시작하는 사람들은 널리고 널렸다. 그들에 비해 다시 시작할 수 있을까 고민하는 당신은 얼마나 더 나이가 많은 사람인지 궁금할 뿐이다. 나이가 들수록 젊었을 때를 그리워만 하며 시간을 보낼 것이 아니라 내 영혼에 피가 돌게 해야 우리는 더 건강한 중년과 노년을 보낼 수 있다. 옛날 사람들 중에도 퇴직하자마자 확 늙어 버린다거나 그전에는 건강하다가 갑자기 죽음을 맞이하는 사람들이 비일비재했다. 일은 우리의 시간을 거꾸로 흐르게 할 수 있다.

과거에 내가 얼마나 잘나가던 여자였는지를 말하는 사람보다 앞으로 내게 다가올 미래를 이야기할 수 있는 여자는 얼마나 더 매력

적인가. 누구에게나 미래는 있다. 지금은 화려하지 않고 지극히 평범한 일일지 모르지만, 그것이 빛이 되어 나를 밝힐 수 있을 때를 기다리며 한 걸음을 떼 보자. 그 첫걸음이 당신의 1만 시간 중 첫 시간이 되어 줄 거라 믿으면서 말이다.

경력은 0에 놓고 다시 시작해야 한다

'공든 탑이 무너지랴'라는 속담과는 반대로, 경력은 차곡차곡 쌓아 올리는 것은 어려운 일이지만 그것을 한순간에 무너뜨리기는 아주 쉽다. 보통 경력단절의 시기를 겪기 전에 일을 그만두는 여성들은 자신이 그동안 쌓아 올린 경력이 그 자리에 가만히 서서 자신의 역사를 굳건히 잘 지켜 내리라 예상한다. 재취업에 도전할 때 경력이 있으니 그전과 비슷한 혹은 전보다 더 나은 조건으로 취업할 수 있 겠지 하는 막연한 기대를 하면서 말이다. 내 입장에서 나를 바라볼 때와 남이 나를 바라볼 때는 보는 눈 자체가 달라진다. 오죽하면 단 절이라고 하지 않았겠는가. 끊어지고 끝난 것은 그 지점에서 다시 시작해야 한다는 뜻이다.

만약 어떤 기업에서 내가 경력단절 동안 아무것도 하지 않고 보냈는데도 이전의 경력을 인정해 주어 좋은 조건으로 나를 채용해 준다면 그것은 참으로 감사한 일이다. 하지만 현실에서는 내가 다시 경력을 이어 가려 할 때 나보다 어리면서도 경력이 비슷하거나 심지어 나보다 경력이 더 많은 사람들이 숱하게 많을 거라는 걸 늘 염두에 둬야 한다. 그걸 염두에 두고 구직활동을 했는데 쉽게 재취업이 됐다면 천만다행이지만 되지 않았을 때의 실망감과 좌절감을 미리 대비해 둬서 나쁠 것은 전혀 없다.

어떤 지인은 결혼하자마자 뒤도 돌아보지 않고 다니던 직장을 그만두었다. 남편이 돈도 잘 버는 데다 직장 생활에 진절머리가 나던 참이기도 했고 경력도 웬만큼 되니 다시 일을 찾는 것이 그리 어려울 거라 생각하지 않았기 때문이다. 빨리 아이가 생길 줄 알았는데 웬일인지 결혼한 지 3년이 지나도록 아이가 생기지 않았다. 그래서 그녀는 다시 취업을 해야겠다고 마음먹고 구직활동을 하게 됐지만 생각지도 못한 난관이 있었다. 비슷한 또래의 결혼하지 않은 여자와 결혼한 여자를 바라보는 시선 자체가 많이 달랐던 것이다. 아직 어린 나이라 쉽게 취업할 수 있을 줄 알았는데, 회사에서는 앞으로 그녀가 아이를 낳을 것이고 그러다 보면 자리의 공백이 생기게 될 것이고 언제 그만두게 될지도 모르는 등의 상황들까지 염두에 두고 자신을 바라보더라는 것이다. 결국 그녀는 그전에는 정규직으로 일했었지만 계약직으로 재취업을 하게 됐고, 전보다 3분의 2 정도에 해당하는 월급을 받으며 직장 생활을 다시 이어 가게 됐다.

전보다 나쁜 대우를 받을 것이 뻔하니 절대 일을 그만두지 말라는 말이 아니다. 일을 그만둔 후 다시 일자리를 구할 때는 신입의 자세로 처음부터 다시 시작한다는 마음을 가지라는 뜻이다. 그런 마음으로 구직활동을 해야 혹시 모를 상처에도 의연하게 대처할 수 있으며 그것이 오히려 정신건강에 좋다는 말을 하고 싶은 것이다. 특히 그전과는 전혀 다른 직업으로 취업을 희망할 때는 나이와 이전의 위치는 머릿속에서 깡그리 지워야 한다.

예전에 구청에서 상담사로 일할 때 공기업에서 높은 직급까지 지내다가 일을 그만둔 후 다시 구청에서 일하던 사람이 있었다. 그녀는 항상 같은 동료들에게도 상사처럼 행동했고 그녀를 관리하던 사람의 말도 좀처럼 듣지 않았다. 결국 구청에서는 그녀에게 더 이상 일거리를 주지 않았고 그녀는 아무런 업무도 하지 못한 채 자리만 지키다 한 달 후 그만두게 됐다. 전혀 다른 직업으로 인생의 2막을 시작하면서도 자신의 경력을 0에 맞추지 않고 마치 자신이 선배인 양 구는 태도는 취업한 이후 직장 생활을 하는 데도 도움이 되지 않는다.

나는 결혼 후 종합복지기관에 재취업했을 때 나이가 많았음에도 불구하고 막내로 생활해야 했다. 나보다 나이 어린 팀장에게 반말을 들었고 훨씬 어린 선배가 심부름을 시키기도 했다. 이렇게 경우에 어긋나는 사람이 세상에 그렇게 많지는 않을 테지만 조직이라는 데는 자기들 나름의 문화와 룰이 있다. 그 안에서 나이는 많지만 막내로 일할 수 있다는 각오가 없으면 계속 일을 이어 나가는 데 있어 자존심이 끊임없이 짓밟힐 수도 있다.

나에게 컨설팅을 받던 한 구직자는 결혼 전에 비서일을 했다. 결혼 후 경력단절을 겪는 중에 잠깐 다른 일도 해 봤지만 비서일이 자기 적성에 제일 잘 맞는다며 계속 그 일만을 고집했다. 경력을 0에 놓고 다른 직종에서 다시 시작하라고 조언했지만 그녀는 내 조언을 듣지 않았고 결국 비서직 찾는 데만 1년의 시간을 오롯이 쏟아붓고선 아무런 성과도 거두지 못한 채 좌절만을 맛보게 됐다.

또 다른 구직자는 아동과 관련한 일을 하다가 그만둔 사람이었다. 처음에는 그녀 역시 해 봤던 일을 하고 싶어 했다. 경력단절 기간이 5년이 넘었고 나이도 마흔이 다 되어 다시 원하는 일자리를 찾기가 어려워 보였다. 나는 그녀에게 여러 가지 다른 길들을 안내해 주었다. 그녀의 상황에서 할 수 있는 몇 가지 선택지를 제시해 주자 그녀는 나처럼 직업상담사 자격증을 따겠다고 했다. 결국 6개월 만에 직업상담사 자격증을 따고 원하던 곳으로 취업이 되었다. 물론 처음엔 계약직으로 일하기 시작했다. 6시간 근무에 80만 원을 받는 계약직으로 일했다. 하지만 1년 후 3배에 가까운 월급인 230만 원을 받으며 학교에서 편히 일하게 됐다. 지금도 그녀는 내게 감사의 메일을 보내오곤 하며 업무에서 조언을 구하기도 한다.

평생직장의 개념이 사라지면서 계약직 형태가 만연해졌다. 계약직은 자신의 커리어를 이어 나가기에 쉽지 않은 형태다. 자리를 옮길 때마다 연봉을 올릴 수 있는 것도 아니고 재계약할 때도 연봉이 그대로인 경우가 많다. 하지만 이 계약직이 주는 이미지에 막혀서 영원히 우리가 일을 못 해야 하는 것은 아니다. 일의 형태가 바뀌었다고 해서 우리가 일을 대하는 자세까지 굳이 바뀌야 하는 것은 아니기 때문이다. 우리는 일을 통해서 일 자체만이 아니라 성취욕도 느낄 수 있고 더 나은 나로 발전할 수 있다. 지금의 일이 계기가 되어 다른 일을 하게 되는 기회를 얻기도 한다. 매일 회사에 나가는 것은 힘들지만 받는 월급으로 아이에게 장난감도 사 줄 수 있고, 근사한 데서 외식할 수도 있고, 누군가에게 용돈도 줄 수 있다. 일을 우리에게 수많은 가치를 가져다줄 수 있는 도구로 생각해야지 일 자체를 본질이나 목적으로 생각하게 되면 인생이 비참하게 느껴질 때도 많을 것이다.

아예 처음부터 없었다면 모를까 있던 것을 없었던 것으로 생각하기란 쉬운 일은 아니다. 하지만 무언가를 새로 시작할 때는 웬만한 자세로는 하기 힘들다는 것을 각오해야만 한다. 다시 세상에 나가는 것은 알에서 막 깨어난 새가 뒤뚱거리며 겨우 걷는 것과 마찬가지다. 그 시간 동안 감도 잃었고 일도 많이 잊어버렸기 때문이다. 아예 진짜 처음 시작하는 신입보다 더 느릴지도 모른다.

처음부터 다시 시작한다는 것은 상당한 부담이 되는 것이 사실이다. 경력의 휴식기 동안 자신감은 추락한 데다 새로운 일까지 하려면 선뜻 용기가 나지 않을 것이다. 하지만 새로운 일을 하는 것이 부담되어 원래 하던 일자리만 찾다가는 더 큰 좌절감을 맛보게 될 수도 있다. 내가 언제 이렇게 늙어 버렸나 하고 말이다. 다시 시작할 때는 마음가짐 역시 다시 시작하는 사람으로 출발해야 한다. 그것이 오히려 시간과 경비를 절약하는 추월차선이 될 수 있다.

서 있던 자리에서 그대로 멈춘다면 나는 그냥 영원히 멈춰 있는 사람이 될 수밖에 없다. 내 안에는 엄마도 있고 여자도 있지만, 하나의 사람도 존재하고 있다는 것을 기억해야만 한다. 그 한 사람이 다시 세상에서 자기의 자리를 마련할 수 있도록 기회를 주어야 한다. 그것이 나의 노후를 좀 더 편하게 보낼 수 있는 최선이라고 생각하면서 말이다.

결혼 후 진짜 경력이 시작된다

대부분의 사람들은 어릴 적부터 누군가가 정해 놓은 길을 그냥 따라가야 하는 것처럼 산다. 부모님이 하라는 것, 선생님이 하라는 것들을 넘어 이제는 사회가 해야 한다는 것들에 이끌려 정신없이 산다. 왜 학원은 그렇게 많이 가야 하는지, 왜 때가 되면 학교에 가야 하는지, 대학은 왜 가야 하는지 궁금해하지 않은 채 그냥 정해져 있는 길인가 보다 생각하면서 이미 나 있는 길로 걸어가는 삶을 살게 된다.

열심히 공부해서 성적에 맞춰 대학을 가고 거기에서 공부를 더 하고 싶은 사람들은 대학원에 가든지 유학을 간다. 어떤 사람들은 취업을 하고 누군가는 바로 결혼을 하기도 한다. 대기업이 좋다고 하니 대기업에 들어가기 위해 안간힘을 쓰고, 공무원이 됐으면 좋겠다는 부모님의 바람대로 공무원이 되려고 노력하는 사람들도 있다. 나의 인생이지만 20년이 넘는 시간을 그냥 흘러가는 대로 보내는 사람들이 많다. 이것이 내가 원하는 것인지 부모님이 원하는 것인지 아니면 내가 원하는 것처럼 보이도록 아주 일찌감치 내 머릿속에 주입된 것인지도 모른 채 말이다.

구직자들을 대상으로 상담을 하다 보면 자기가 도대체 무엇을 하고 싶은지 모르겠다는 사람들을 많이 만나게 된다. 그들은 열이면 열 모두 나에게 자기에게 맞는 직업을 정해 달라고 요구한다. 심지어 그들 중에는 마흔이 넘은 여성들도 많다. 그녀들은 누군가에 의해 이끌리는 삶을 살면서 싫다는 말 한마디 하지 못하는 아이로 양육된 것인지도 모른다. 아니면 한 번도 자신의 내면과 직면해 본 적이 없기 때문인지 스스로 먼저 답을 찾아볼 생각은 하지 않고 나에게 해답을 내려달라고 한다. 물론 전문가로서 적절한 코칭을 하면서 자신의 길을 찾아가게끔 도와주지만 그들은 자신을 들여다보는 것 자체를 두려워할 때가 많다.

나와 가장 오랜 시간을 함께 살아온 사람은 바로 나 자신이다. 가끔 나도 날 모르겠다고 생각할 때가 있지만 그것은 나를 제대로 들여다본 적이 없기 때문이고 자신을 부정하고 싶어서이지 진짜로 나를 몰라서 그런 경우는 거의 드물다. 다른 사람들보다 내가 나를 잘 모를 수는 없다. 그런데도 많은 사람들이 다른 이에게 자기 결정권을 넘겨주면서 자기 대신 살아줄 것을 요구한다.

경력단절의 시간은 우리에게 지난날에는 생각해 보지 못하고 떠밀리듯이 살아온 것에서 벗어나 진정으로 내가 원하는 것이 무엇인지, 앞으로 어떤 일을 하면서 살면 될지에 대해 진지하게 생각해 볼 기회가 될 수 있다. 쉼 없이 달려오다가 잠시 멈춰 서서 숨을 고르게 되면 다시 생각해 볼 수 있게 된다. 그전에는 가야 하니까 가야만 했던 회사, 해야 하니까 해야만 했던 일 등에 그냥 우르르 몰려다니던 무리를 좇아가기에만도 버거운 시간이었을지 모른다. 이제는 남이 가기 때문에 따라가는 것이 아니라 나만의 길을 갈 수 있는 기회가 온 것이다.

그러면 이제 곰곰이 생각해 보자. 내가 할 수 있는 일이 무엇인지, 내가 결혼하고 나서 해 왔던 일들이 무엇인지. 우리는 아이를 낳았고, 그 아이를 키웠다. 남편 뒷바라지를 하였고, 그 남편과 코피 터지게 싸웠다. 아이들을 학교에 보냈고, 아이들을 공부시켰고, 아이들에게 책을 읽어 주었다. 하루도 빠짐없이 음식을 했다. 이 외에도 우리는 무수히 많은 일을 하며 지내 왔다. 이것만 놓고 봐도 우리가 할 수 있는 일은 무궁무진하다.

아이를 낳고 키웠으니 우리는 그 방면의 전문가가 될 수도 있다. 남편 뒷바라지도 하고 그 남편과 치열하게 싸워 댔으니 그쪽으로 공부를 더 해 볼 수도 있다. 우리나라에는 부부소통전문가라는 직업도 있으니 말이다. 아이들을 공부시켰고, 늘 책을 읽어 주었으니 독서코치가 될 수도 있다. 음식 만드는 것에 소질이 있으면 어린이집이나 학교 등에서 조리사가 될 수도 있다. 우리에겐 이미 전문가가 될 수 있는 구성 요소들과 잠재력이 많다. 집에서 집안일만 하던 사람은 그 집안일을 콘텐츠로 만들 수도 있다. 내 주위에는 집안 정리와 인테리어에 소질이 있고 그런 일들을 좋아해 지금은 정리수납 전문가가 된 여성도 있다.

내가 할 수 있는 일들을 생각해 냈다면 그중에서 내가 하고 싶은 일을 다시 생각해 보면 된다. 나는 공부하는 것에는 별 어려움이 없었기 때문에 아이를 가졌을 때도 자격증 공부를 했고, 아이를 낳은 후에도 온라인 학점은행제로 사회복지사 자격증을 땄다. 그러다가 직업상담사에 이어 진로교사가 되고 싶어 심리학을 공부하게 됐다. 아이를 키우면서 내가 가장 생산적으로 할 수 있는 것이 공부밖에 없었기에 공부를 했지만 그것이 많은 성과를 가져다줬다. 나의 크고 작은 성과들을 지켜보던 남편은 앞으로 내가 어떤 일을 해도 믿어 주는 지원군이 돼 주었다. 내가 열심히 살면서 뭐라도 이루는 걸 보더니 앞으로 또 이루고 싶은 것들이 있다고 말했을 때도 가장 먼저 지지해 줬다. 나는 이미 그에게 결심한 것은 이루는 사람이 되어 있었던 것이다. 내가 결심해 이루는 것들은 나 자신에게 가장 좋은 일이지만, 가족을 내 편으로 만들어 주는 가장 큰 요인이 된다.

나는 결혼하고 나서 이루게 된 일들이 더 많다. 그전엔 공부가 세상의 전부인 줄 알았고 공부를 통해서만 성공할 수 있다고 생각했다. 공부라는 것은 나의 생존 전략 그 자체였고 그것으로 성공하지 않으면 사회에서 도태되고 세상으로 나아갈 수 있는 어떤 무기도 갖지 못할 거라고 생각했다. 하지만 자의 반, 타의 반으로 고시 공부에 실패하고 나서 결혼을 하게 됐고 새로운 직업을 찾게 됐다. 그리고 아이를 키우면서 힘든 것, 지난날의 상처들을 하나하나 쌓았더니 그것으로 작가라는 직업도 찾게 됐다.

아파트 단지 내에서 요리를 못하는 엄마들을 모아 놓고 매주 요리 클래스를 여는 여성이 있다. 아이들을 학교에 보내 놓고 그 시간에 약간의 돈이지만 자신의 재능을 펼친다. 그녀에게 그 일은 소소한 기쁨을 가져다줄 것이다. 지금은 단지 내에서만 클래스를 열지만 그것을 계기로 창업을 하게 될 수도 있고 앞으로 더 큰 클래스를 열게 될 수도 있다. 아이를 낳은 후 요가 수업을 받기 시작해서 요가 자격증까지 따고 지금은 요가 선생님이 된 여성도 있다. 늘 아이들과 산에 가서 산책하던 것을 즐기던 여성은 숲 해설가로 제2의 인생을 살고 있고, 주말만 되면 아이들과 함께 고궁 나들이를 하던 여성은 문화유산해설사가 됐다. 엄마가 된 후에 했던 다양한 경험을 살려 돈을 벌고 있는 여성들은 주위에 아주 많다.

직관이라는 역량이 요구되고 단순히 오래 한다고 해서 실력이 늘지 않는 분야인 케어, 케이터링, 컨설팅, 코칭 분야는 미래에도 유망할 것이라고 한다. 아무리 기계가 우리의 직업을 가져간다고 해도 누군가를 돌보고 케어하고 상담하는 분야는 결코 기계로 대체할 수 없다. 여성의 감수성과 예민함을 발휘할 수 있는 시대가 오고 있다.

어렸을 때는 경험을 많이 해 볼 수 있는 기회도 좀처럼 없지만 경험을 많이 해 본다고 해도 그것은 부모님에게 이끌려서 하는 경우가 많기에 진정한 나의 일을 찾기가 힘들다. 한번 찾았다고 하더라도 또 다른 기회가 찾아오게 되는 것이 인생이기도 하다. 어른이 되고, 우리가 이전에는 해 보지 못한 경험을 하게 된다는 것은 대단한 자산이 될 수 있다. 우리는 이미 무궁무진한 자산을 보유한 사람들이다. 아내도 돼 봤고, 엄마도 돼 봤고, 며느리에 이어 아줌마 그리고 경력단절여성까지 되어 봤다. 그리고 워킹맘도 됐다가 다시 전업맘이 된 사람도 있을 것이다. 이렇게 우리는 다양한 위치에서 살고 있고, 전에 없이 다양한 경험을 하고 있다. 그렇다면 이것을 어떻게 나의 직업으로 연관시킬 수 있을지 생각해 보기만 하면 된다.

생각을 하면 길이 보이고, 그것을 행동으로 옮기면 없던 길도 만들 수 있다. 내가 했던 경험들을 일로 만들기만 하면 되는 것이다. 우리는 결혼 후 진짜 나의 일을 가지고 진짜 경력을 쌓을 수 있다. 결혼 전의 인생보다 결혼 후의 인생이 훨씬 더 길다는 것을 생각해 봤을 때 엄청 희망적인 일이기까지 하다. 우리는 이미 충분히 희망적인 사람들인 것이다.

딱 6개월만 버틸 곳을 찾아라

요즘 기업들은 신입사원을 채용할 때 발생하는 비용을 아끼려고 애쓰는 추세다. 신입사원을 채용하게 되면 그들을 따로 교육하는 과정에서 비용이 발생하게 되고 미숙한 업무 처리 능력으로 인해 일이 지연되는 등의 손실이 발생할 수도 있다. 기업은 굳이 부담하지 않아도 되는 손해를 최소화하고 싶어 한다. 그러다 보니 경력자를 채용하기를 원하고 실제 모집 공고를 봐도 신입을 뽑는 곳은 거의 없을 정도다. 청년이든, 경력단절여성이든 해당 분야에 경력이 없으면 취업하기가 하늘의 별 따기가 돼 버렸다. 그래서 신입들은 도대체 어디에서 일을 하면 되는지, 신입을 뽑는 곳이 있기는 한지 하소연한다. 그런 사람들에게는 어떻게든 딱 6개월만 일할 곳을 찾으라고 조언해 준다.

그렇다면 도대체 어디에서 6개월을 일할 수 있을까. 정부에서는 정책적으로 경단녀의 재취업을 지원하고 있다. 여성가족부의 여성 새로일하기센터, 고용노동부의 취업성공패키지, 중소기업청의 소상공인 창업지원제도를 활용하면 폭넓은 정보와 기회를 얻을 수 있다. 실제로 센터에 가면 과거 경력을 바탕으로 일할 수 있는 일자리를 제공받을 수도 있다. 서울시에서 마련하고 있는 뉴딜일자리, 각 구청에서 실시하고 있는 단시간근로나 공공근로, 워크넷에서 제공하는 정보 등을 적극적으로 활용한다면 6개월의 경력을 채울 수 있는 곳의 정보를 많이 찾을 수 있다. 어디에서라도 6개월만 경력을 채우면 신입 딱지를 떼고 경력직으로 당당하게 지원할 수 있다.

나 역시 처음에는 서울시를 비롯한 지자체에서 모집하는 공공인력, 고용지원센터나 각 구청 혹은 직업학교 등에서 모집하는 단시간근로를 먼저 찾아봤다. 하루에 4시간 정도만 일하면 되니 아이를 키우면서 일하기에도 적절하고 경력으로도 인정받을 수 있기 때문에 처음 시작하기엔 수월한 일자리였다. 물론 이 역시도 경쟁이 치열하기 때문에 한 곳에만 지원해서는 결코 채용될 수 없고 여러 군데를 알아보고 노력해야 한다. 단 몇 군데 넣어 봐서 안 됐다고 좌절하려면 애초에 경력을 다시 일으켜 세울 수 있는 노력의 자세가 안 됐다고 해도 과언이 아닐 정도로 취업뿐만 아니라 재취업 역시 어렵다. 따라서 수십 군데의 문을 두드려 봐야겠다는 다짐이 선행되어야 한다.

직업상담사 자격증을 따고 다시 취업을 희망했을 때 아이가 어려 풀타임으로 일하는 것이 그리 쉬운 일은 아니었다. 그래서 어느 지역 여성인력개발센터에서 모집하는 단시간 직업상담사 일자리에 지원했다. 하지만 나 못지않게 그런 자리를 원하는 여성들은 넘치고 넘쳤다. 2명을 모집하는 데 80명이 모였고, 경력이 없던 나는 면접조차 볼 기회가 없었다. 좌절했지만 내 상황에 맞는 곳을 계속 찾을 수밖에 없었다. 이후에 종합복지기관에서 모집하던 노인일자리 전담인력과 어떤 직업학교에서 뽑던 단시간근로에 합격했다. 둘 다 경단녀들을 위해 만들어 놓은 일자리였고 정부나 지자체에서 지원하던 일자리였다. 마침 나는 사회복지사 1급 자격증을 가지고 있었기에 사회복지기관에서 풀타임으로 하는 일을 선택했다. 왠지 일을 더 배울 수 있을 것 같았기 때문이다.

그런데 그 선택은 최대의 실수였다. 직업상담사로서의 일을 배우기보다는 사회복지사로서의 일을 배우는 것에 그쳤기 때문에 경력으로 인정은 받을 수 있었을지 모르지만 실질적으로 내 커리어에 도움이 되는 일을 배우기에는 실패했기 때문이다. 차라리 직업학교에서 일하는 것을 선택했더라면 일하는 시간도 적고 환경과 경력 면에서 여러모로 더 맞았을 것이다. 이 역시도 가정이지 기정사실은 아니다. 사회복지기관에서 일을 해 봤기 때문에 그것이 내 경력에 결코 도움이 되지 않았다는 걸 알게 된 것처럼 우리는 일을 해 본 후에야 그것이 장점이 되어 돌아올지, 나에게 맞을지 알 수 있다. 나에게 맞는 직업인지 아닌지 알아보기 위해서도 6개월이면 충분하다.

만약 옆에서 조언해 주는 사람이나 전문가가 있었다면 처음을 좀 더 나에게 맞는 곳에서 일할 수 있었을 것이다. 그래서 사람들에겐 조력자나 전문가가 필요하다. 아무리 비슷한 직종의 사람들이 모여 있는 카페나 커뮤니티에 물어봐도 그들 역시 전문가가 아니긴 매한가지다. 다시 시작할 때는 어느 때보다 전문가의 조력이 필요하다. 시간을 단축하고 시행착오를 줄이기 위해서는 포털 사이트 지식인이나 카페 회원들로는 모자라기 때문이다.

내 주위에도 일을 다시 시작하고 싶어 하는 여성들이 많다. 그런데 그들은 정작 전문가와 상의해야 한다는 생각은 잘 하지 못한다. 심지어 나와 아주 가까운 여성들조차 일을 시작하고자 할 때 자기 식구나 친구들과 상의하지 전문가인 나에게 조언을 구하지는 않는다. 물론 그녀들에겐 내가 전문가로 보이는 것이 아니라 친구이자 언니, 동생으로 보일 것이다. 잘만 하면 돈도 들이지 않고 조언을 구하고 중요한 해답을 얻을 수 있는데도 그녀들은 가장 중요한 순간에 전문가를 찾지 않는다. 혼자서 어디서부터 시작해야 할지 막막하다면 친구들에게 묻지 말고, 지식인의 탈을 쓴 무늬만 지식인에게 묻지 말고 전문가의 조력을 얻도록 하자. 어디에서 경력을 쌓으면 될지, 어떻게 방향을 정하면 될지 의외의 명쾌한 해답을 얻을 수 있을 것이다.

나에게 맞는 일도 아니었고 경력에 도움이 되는 일도 아니었지만 6개월의 관련 경력을 쌓았기 때문에 이직이 훨씬 더 쉬웠다. 일이 내게 맞는지 알아보고 일을 배우는 데는 6개월이면 충분하다. 어디에라도 발을 담가야 한다. 집에서 한 시간 30분 거리에 있는 곳이든, 월급을 쥐꼬리만큼 주는 곳이든, 일거리가 많은 곳이든 상관하지 말아야 한다. 그런 것들은 경력을 쌓은 6개월 이후에나 따져 봐야 한다. 그래야 앞으로의 내 경력의 1년과 10년이 주어진다.

6개월 경력으로 나는 구청과 특성화고등학교에서 취업 상담을 하게 됐고, 온라인으로 구직자들을 대상으로 상담하는 일까지 할 수 있게 됐다. 6개월의 시간이 없었을 때는 구걸하듯 직장을 구했는데, 최소한의 경력을 갖추자 고를 수 있는 곳이 몇 배는 늘어난 것이다. 요즘은 재능기부 형식으로 각 구청에서 해당 분야의 직업인들을 모집하는 경우도 있다. 비록 사례비나 임금이 높진 않아도 자신의 경력을 쌓기에는 괜찮은 자리들이 많다.

한 가지 주의할 점은 경력을 쌓아야 하는데 쌓을 데가 없다고 무턱대고 봉사하지는 말라는 것이다. 봉사는 경력으로 전혀 인정받을 수 없을 뿐만 아니라 시간과 체력만 낭비하게 된다. 일이라도 배울 수 있을 것 같아 봉사를 자처하지만 봉사자에게 중요한 일을 맡길 사람은 어디에도 없다. 어디를 가도 봉사자에게는 라벨지나 붙이게 하고 복사나 하게 하니 말이다. 봉사할 생각은 접고 적은 돈을 받더라도 일을 할 수 있는 곳을 무조건 찾아야 한다.

처음에 경력을 쌓기 시작할 때는 보수에 대한 기대와 생각은 과감하게 버리는 것이 좋다. 내가 그 돈 받자고 일하나, 이까짓 돈 벌자고 공부를 했나 이런 생각을 하게 되면 경력을 쌓을 수 있는 기회를 날려 버리기 십상이다. 먼 훗날 더 많은 돈을 벌 수 있는 기회 역시도 잃게 된다. 요즘 세상엔 대학 안 나온 사람도 거의 없고, 발에 차이고 밟히는 사람들이 석사고 박사다. 그러니 처음엔 모두가 그 정도의 돈을 받고 시작했다고 생각한다면 그렇게 억울해할 일도 아니다. 성공한 여자들도 처음은 다 미미하게 시작했을 것이니 말이다.

취미도 일이 되는 세상이다

외국 속담 중에 '파티에 가려면 드레스를 사라'는 속담이 있다. 말 그대로 드레스를 사 놓으면 언젠가는 파티에 갈 일이 생긴다는 것 이다. 파티에 가고 싶어서 드레스를 사 놓으면 자신이 갈 수 있는 파 티가 어디에서 열리는지 찾아보게 될 것이고, 그 파티에 가기 위해 서 무엇이 더 필요한지 생각해 보게 될 것이다. 즉, 어떻게 해서든지 사 놓은 드레스가 무용지물이 되지 않도록 노력하게 된다는 뜻일 거다. 우연히 들어온 파티에 관한 정보 역시 드레스를 이미 갖추어 놓은 사람에게는 유용한 정보가 될 테지만, 드레스가 없는 사람에 게는 그냥 휴지 조각이 돼 버릴 수도 있다.

나는 우연히 글쓰기라는 취미가 생겼다. 아니 더 정확히 말하자면 육아에 찌들고 여러 사람에게 상처받으면서 답답한 마음을 어디에라도 풀어놔야만 했다. 어린 시절의 상처를 여전히 끌어안고 있는 나의 꽉 막힌 마음을 하소연할 데가 필요했다. 하지만 남의 하소연을 참을성 있게 들어줄 사람이 누가 있겠는가. 그래서 처음엔 블로그에 글을 쓰다가 글만 쓸 수 있는 최적화된 플랫폼을 찾게 됐다. 그역시도 내가 쓴 글을 어떻게 하면 다른 사람들이 읽을 수 있을지 온라인 카페를 열심히 뒤지다가 얻게 된 정보였다. 나는 그 플랫폼에서 나름 작가로 뽑혀서 1년이 넘는 시간 동안 총 100편이 넘는 글을 쓰게 됐다. 비록 처음엔 한풀이로 시작한 취미 생활이었지만 1천 명이 넘는 구독자가 생기면서 진짜 작가도 되어볼 수 있지 않을까 꿈꾸게 됐다.

　단순히 취미로 시작한 글쓰기가 작가로서의 삶으로 이어지게 됐다. 내가 아는 현직 작가도 처음엔 블로그에 육아 일기를 쓰다가 그것이 쌓이고 쌓여 우연히 블로그를 본 출판사에서 출간 제의를 해왔다고 한다. 그것을 계기로 지금은 네 권의 책을 내고 강연을 다니는 삶을 사는 작가가 됐다. 누군가는 집에서 요리만 하는데, 누군가는 자신의 요리를 블로그에 열심히 찍어 올린다. 자기가 요리를 잘하는지 다른 이들에게 알리지 않는 사람은 그냥 집에서 식구들 밥만 하게 되지만, 열심히 블로그에 자신이 만든 음식 사진을 올리던 사람은 요리책을 낸 작가로 산다. 블로그를 통해 요리책을 낸 사람들은 주위에 아주 많고 당신은 한 번쯤 그녀의 요리책을 접해 봤을지도 모른다.

첫아이가 아기학교를 다닐 때 만난 어떤 엄마는 출산 후 살을 빼기 위해 스피닝을 하기 시작했다. 그냥 취미 생활을 즐기면서 덤으로 살까지 빠진다면 더할 나위 없이 좋은 일이었다. 그런데 다른 엄마들은 그냥 취미로만 운동할 때 그 엄마는 살을 빼는 것에서 나아가 스피닝 강사 자격증까지 취득했다. 다른 엄마들이 그 나이에 강사가 웬 말이냐며 스피닝 강사는 눈요깃거리가 있어야 하기에 무조건 어려야 한다고 말해도 그녀는 아랑곳하지 않고 강사에 도전했다. 지금은 아이 둘을 낳고도 처녀 시절보다 더 날씬한 몸매를 가진 것은 물론, 스피닝 강사로 에너지 넘치게 일하고 있다. 반면 스피닝을 아주 열심히 하는 또 다른 엄마에게 강사를 해 보는 것이 어떠냐고 하자 그녀는 자신에겐 그럴 만한 자격이 없다고 말했다. 자기는 그저 더 이상 살찌지 않기 위해 운동을 할 뿐이라며 말이다.

이처럼 때로는 말 하나가 우리의 운명을 결정짓는다. 가만 보면 '내 주제에', '내가 어떻게'라는 말을 잘 내뱉는 사람은 비단 결혼 후에야 그런 말을 하게 된 것이 아니라 훨씬 이전부터 그런 말을 하면서 살아왔을 것이다. 내가 나에게 끊임없이 내가 무슨 자격이 있어서 그런 일을 하겠냐고 말해 왔다는 것은 이미 자신에게 실패하는 환경만 만들어 준 것이나 다름없다. 내가 하는 말은 자기 자신이 가장 먼저 듣는다. 나를 제한하는 말을 나 자신에게 끊임없이 전달해 주는 전달자가 굳이 내가 될 필요가 있을까. 내가 나를 믿기 때문에 스스로에게 동기부여의 말을 하는 것이 아니라, 동기부여의 말을 하다 보면 그 말에 맞게 어느새 내가 그런 사람이 되어 있을 것이다.

요즘은 문화센터나 평생학습센터 등에서 큰돈 들이지 않고 취미생활을 즐길 수 있다. 아기가 어린 엄마들은 아기를 위해서만 문화센터에 다닐 수밖에 없다. 아기를 위해 오감 수업을 듣는다든지, 아기와 함께하는 운동을 한다든지 아기를 중심으로 아기에게 맞춰진 수업을 들어야 한다. 그럴 때는 그냥 바깥 구경을 했다는 정도, 다른 엄마들과 최소한 말이라도 나눠 봤다는 정도, 세상에 고생하는 사람이 나 하나만은 아니라는 위로 정도만 갖는 것에 만족해야 한다. 그러다 아기가 어린이집을 다니거나 유치원을 다니게 되면 엄마들도 문화센터에 발길을 끊곤 한다. 이제 그런 위로를 동네에서 다른 엄마들과 커피를 마시면서 수다 떠는 것으로 대체하는 것이다.

자유의 몸이 됐을 때야말로 가장 많이 이용해야 할 곳이 동네 문화센터나 평생학습센터다. 문화센터는 무언가를 배우기에 저렴하기도 하지만, 자유의 몸이 됐다는 것은 이제 아이에게 맞춰진 초점을 나에게 맞추라는 신호이기도 하다. 드디어 나를 돌봐 줘야 할 때가 시작됐다는 뜻이다. 요즘에는 정말 다양한 취미를 만들 수 있고 이어 갈 수 있는 콘텐츠들이 많다. 제2외국어를 비롯해 글쓰기 강좌, 캘리그래피, 악기, 사진 찍기 등등 하고 싶다는 열망만 있으면 적은 비용을 들여 배울 수 있는 과정이 얼마든지 있다.

친한 동생은 문화센터에서 캘리그래피를 배우기 시작했다. 평소에 글씨 쓰기를 좋아해 큰아이가 초등학교에 들어가고 작은아이가 유치원에 다니게 되자 무작정 캘리그래피 수업을 들었다고 한다. 처음에야 무언가 새롭게 시작하고 싶은 마음 하나로 수업을 신청했을 것이다. 그것을 통해 무언가를 할 수 있다는 생각은 하지도 못했을 테고 그냥 그 순간에 자신이 할 수 있는 가장 적합한 수업 하나를 골랐을 뿐이다. 처음에는 초보라고는 믿기지 않을 정도로 글씨를 잘 쓰는 사람들이 많아서 주눅이 들고 자신감이 많이 떨어졌다고 한다. 그래도 이왕 수업을 듣게 됐으니 자격증을 따기로 결심하고 시험을 봤는데 염려했던 것과는 달리 한 번에 캘리그래피 자격증을 취득할 수 있었다. 그 후 동네에서 모집하는 서포터즈에 지원하게 됐고 그때부터 일반인과 중학생을 대상으로 캘리그래피 수업을 하고 있다.

만약 그녀가 자기보다 글씨를 잘 쓰는 사람들을 보며 저렇게 잘 쓰는 사람이 많은데 내가 어떻게 자격증을 딸 수 있겠냐며 자격증 시험을 보지 않았다면, 그저 나 자신을 위로하는 글씨나 쓰고 말자고 생각했다면 그녀에게 새롭게 다가온 캘리그래피 강사라는 직업을 갖지 못했을 것이다. 새롭게 시작하는 일 앞에서 설레는 자기 자신의 모습 역시 다시 만나지 못했을 것이다. 이 밖에도 뜨개질을 잘하던 여성이 단순히 취미 생활로 시작해 지금은 뜨개질 교실을 열어 수업을 진행하고 있다든지, 평소에 사진 찍는 것을 좋아해서 문화교실에서 사진 수업을 듣다가 사진작가로서의 인생을 새롭게 시작했다든지 자신의 취미를 일로 만든 사람들의 이야기는 허다하다.

똑같이 취미 생활로 무언가를 시작했는데 누군가는 그것을 어떤 성과로 만들고 누군가는 그냥 취미 생활로 끝내 버린다. 똑같이 돈을 썼는데 누군가는 그것을 다시 돈으로 연결하여 취미와 돈을 순환시키는가 하면 누군가는 그냥 돈을 쓴 것으로 만족하고 만다. 똑같이 드레스를 사긴 샀는데 막상 파티에 초대받고 보니 누군가는 드레스가 이제는 구식이 됐다고 투덜거리거나 자기 몸이 더는 그 드레스에 맞지 않는다고 하소연만 하는가 하면 누군가는 파티에 초대된 자체를 기뻐하며 흔쾌히 파티에 나간다.

예전에는 취미 생활을 따로 할 만한 여유가 없던 시절도 있었다.

취미를 직업으로 연결하는 것은 감히 상상도 할 수 없던 때도 있었다. 하지만 세상이 바뀌어 취미와 직업의 세계가 서로 이어져 있어 그것이 서로의 영역으로 넘나들기도 하며, 취미를 통해서 제2의 인생을 다시 설계하고 인생 2막을 새롭게 여는 사람도 많아졌다. 누군가는 달려 나갈 때 누군가는 안주하고 마는 것을 보면 우리가 어떤 취미를 가지고 그것을 능력으로 연결시키느냐보다 우리가 어떤 사고방식과 열린 마음을 가지고 있느냐가 더 중요해 보인다.

우리 안의 강력한 힘의 원천은 우리 마음의 태도에 있다. 우리의 태도를 바꿈으로써 우리의 인생 역시 바꿀 수 있다. 이를 깨달은 사람은 정말 복 받은 사람이다. 내가 가진 어떤 잠재력 하나도 그냥 지나치지 않는 사람, 내가 가진 어떤 작은 것에서도 큰 가능성을 발견할 수 있는 사람이야말로 적은 물을 큰 바다로 만들 수 있는 능력을 가진 사람이다. 드레스를 미리 사 놓는 행위보다 내 몸매가 어떻든 간에 그 드레스를 입는 행위를 결코 부끄러워하지 않는 사람이야말로 성공할 수 있는 사람이 아닐까 싶다.

이제는 나 자신을 마케팅해야 한다

우리는 지금 이전 세대가 경험해 보지 못한 세상을 살고 있다. 4차 산업혁명으로 인해 향후 고용 시장은 커다란 변화와 충격을 예고하고 있다. 앞으로 세상이 어떻게 흘러갈지 정확히 알 수는 없지만 가보지 못한 길이기에 누구에게도 의지하지 말고 스스로 길을 만들고 스스로 책임지고 살아야 하는 시대임에는 분명하다.

신자유주의 사상이 유입되고 전 세계적으로 평생직장의 개념이 사라진 지는 이미 오래다. 평생직장의 개념이 사라지면서 정규직보다 계약직이 많아진 것은 당연한 이치이기에 우리는 더 이상 정규직에 연연해서는 안 된다. 사람들은 정규직이 많은 나라가 살기 좋은 나라라고 생각하고 그것이 고용 안정을 위해 필수불가결한 것이라고 생각하지만, 이제 고용 안정을 요구해야 하는 시대는 한참 지났다. 그뿐만 아니라 계약직은 전 세계적으로 공통된 현상이기에 우리나라에만 국한된 이야기도 아니다. 사람을 한번 뽑으면 평생 그 자리를 유지해 주고 사람들은 발전하기 위해 어떤 노력도 하지 않은 채 자리만 지켜 왔던 지난날의 고용 형태가 오히려 기형적인 것이었다. 대학 시험만 잘 보면 이후의 직장까지 보장되어 학력의 담을 절대 넘을 수 없었던 시대가 비정상적인 시대였다.

한곳에 머물러서 자신의 직업을 유지하는 대신 평생직업의 개념을 가지고 자신의 직업을 유지해야 한다. 이제는 직업을 하나만 가지고 사는 시대를 넘어 N개의 직업을 가진 사람들이 넘쳐나는 시대가 됐다. 나만 하더라도 커리어코치, 컨설턴트, 작가, 강연가, 1인 기업가 등 몇 개의 직업을 가진 사람이 됐다. 디지털화되고 네트워크화된 사회에서는 경제인구의 상당수가 프리랜서 형태로 일하게 될 거라고 한다. 지금까지는 어딘가에 소속돼서 굳이 내가 누구인지 어떤 역량을 가진 사람인지 증명하지 않아도 사는 데 지장이 없었다. 무소속이 되는 순간 자리가 주는 안정감과 영향력은 사라져 버린다. 아무도 나를 책임져 주지 않고 편안하고 안정된 삶 또한 보장되지 않는다.

아무리 열심히 일해도 실력이 없으면 보상도 받을 수 없다. 우리는 모두 시간이 지나면 결국 프리랜서의 삶을 살게 된다. 이 말은 자신의 능력과 재능을 스스로 증명하며 살아야 한다는 뜻이다. 그전에는 회사에서 나를 책임져 주었지만 이제는 내가 나를 증명하면서 마케팅해야 하는 시대가 온 것이다. 앞서 말한 것처럼 이미 우리 중 상당수는 하나의 직업이 아닌 여러 개의 직업으로 살고 있고, 앞으로는 대부분이 그렇게 될 것이다. 따라서 스스로 다양한 포트폴리오를 만들어야 한다.

한때 SNS는 인생을 낭비하는 일이라고 주장하던 유명한 축구 감독이 있었다. 과거의 사고방식에 갇혀 전혀 현재를 살고 있지 못하는 어떤 노인의 주장일 뿐이라고 감히 말하고 싶다. 그 사람은 단지 SNS가 남의 일상이나 훔쳐보고 그걸 보며 부러워하고 한숨짓는 일이 전부라고 생각했던 모양이다. 물론 이런 일들로만 시간을 허비하고 있는 사람에게는 그 주장이 딱 들어맞는 것일 수 있다. 오죽하면 '카페인 우울증'이라는 말까지 생겨났을까. '카페인'은 카카오스토리, 페이스북, 인스타그램의 앞 글자를 딴 것이다. 아이를 키우면서 밖에 자유롭게 다니지 못하는 가정주부들이 이러한 사회적 네트워크 서비스를 이용하기 시작하지만 나만 멈춰 있고 다른 사람들은 다들 잘나가고 화려하게 사는 것 같아 우울함을 느끼게 되는 것을 카페인 우울증이라 한다.

누군가는 남의 일상을 엿보며 부러워만 하고 있을 때 누군가는 자신을 홍보하고 마케팅하는 데 SNS를 사용한다. 내가 아는 사람은 임신했을 때부터 출산했을 때까지 SNS를 잘 활용해서 가만히 앉아서 월 천만 원의 돈을 벌었다. 그녀도 처음에는 SNS 마케팅이 뭔지 몰랐고 어떻게 하는지도 몰랐다. 출산했을 때는 그저 심심해서 아이들 사진을 올리고 육아 기록용으로만 SNS를 사용했다. 그런데 영업을 하던 그녀가 SNS를 통해서 영업하는 방법을 터득하면서 각종 SNS 시스템을 한꺼번에 구축하게 됐고, 지금은 억대 수입을 벌고 있다. 세팅만 잘 해 놓으면 내가 놀고 있을 때도 시스템이 알아서 돌아가기 때문에 실제로 몇 시간 일하지 않아도 돈을 벌 수 있게 된다.

그 축구 감독의 우려와는 달리 디지털과 네트워크가 키워드인 현시대에서 사람들은 자신을 마케팅하는 수단으로 SNS를 활용한다. 인터넷을 통해 자신을 마케팅하는 것은 지금처럼 발 빠르고 글로벌화된 세상에서 가장 효율적이고 효과적인 방법이기 때문이다.

요즘은 사원을 모집하면서 이력서에 구직자가 운영하고 있는 SNS 주소를 쓰라고 하는 회사도 많아졌다. 지원자가 어떤 사람인지를 단순히 서류상으로만이 아니라 그가 운영하는 개인 플랫폼을 통해서도 알아보겠다는 뜻이다. 여기에는 그가 사회와 잘 소통하는 사람인지, 시대에 발맞추어 나가는 사람인지, 자신에 대한 마케팅을 적절하게 하는 준비된 사람인지를 확인하기 위한 의미가 있다. 사람들은 왜 굳이 이력서에 그런 개인적인 것을 쓰라고 요구하느냐고 반문하기도 하지만, 이제 시대가 얼마나 변했고 변하고 있는지를 알아야 할 때다.

특히 주부들은 사회적 네트워크 서비스망을 전혀 이용하지 않는 사람들이 대부분이고, 심지어 그게 뭔지 모르는 사람도 있다. 어쩌면 그것이 시간 낭비라는 어떤 노인의 말을 철저하게 믿고 있는지도 모르겠다. 내 주위만 보더라도 SNS를 하는 사람은 거의 손에 꼽을 정도다. 그런 사람들에게 SNS 마케팅이 얼마나 중요한지 아무리 설명해 봐야 통할 리가 없다.

아이를 키우면서도 온라인상에서 나를 마케팅하는 데는 많은 시간을 들이지 않아도 된다. 하루에 짬짬이 10분에서 30분 정도만 투자해도 그것이 쌓이고 쌓여 나에게 돈을 벌어다 주는 시스템으로 만들 수 있다. 변화하고 싶고 지금까지와는 다르게 살고 싶다면 손가락 하나 정도는 까딱해 줘야 한다.

이제는 꿈의 직장이라는 말이 점점 사라지고 있다. 청년 수십만 명이 목숨 걸고 들어가고자 희망하는 대기업도 나이 쉰이 되면 나와야 한다. 그 전에 잘리는 사람들도 숱하다. 막상은 대기업의 연봉이 높아 보이지만 연봉이라는 것은 그가 그곳에서 일할 수 있는 총 연수에 비례해서 책정되기 때문에 그가 잘리는 나이와 대비해서 생각하면 결코 많은 월급도 아니다. 공무원은 어떤가. 공시족이라고 할 만큼 공무원을 준비하는 사람들이 예전에 고시를 준비하던 사람들의 수를 넘어섰고, 학력도 그만큼 높아졌다. 10년씩 공무원 시험을 준비하는 사람도 많다. 그렇게 해서 공무원이 되어도 한 달에 200만 원도 못 받고 나이 예순이 되면 은퇴해야 하는 직업이 어떻게 안정적이라고 말할 수 있겠는가. 많은 젊은이들이 거기에 자신의 청춘을 저당 잡히는 것이 안타까울 뿐이다.

어쩌면 급변하는 시대의 불안정한 심리를 그대로 반영한 현상일 수도 있겠다. 하지만 불확실하고 불안한 지금의 노동시장과 환경에서는 좀 더 진취적이고 다양한 변화를 시도할 수 있는 사람이 성공하고 살아남을 수 있다. 여성들도 변화하는 노동시장과 직업 세계에서 자신을 변화시키기를 두려워하지 않아야 한다. 이제는 회사 안에서 보호받는 시대가 아니라 내가 나를 책임지는 시대, 탈직장을 넘어 탈직업화 시대까지 도래했다. 우리 스스로 시장을 개척하고 나자신을 상품화할 수 있어야 한다. 그리고 그 시장은 물건을 사고팔거나 지식을 사고파는 단순한 시장의 개념을 넘어 사람들을 만날 기회 자체의 거래가 오고 가는 그야말로 기회의 시장이 될 것이다.

앞으로 우리가 일을 찾기 위해서는 직장, 직업 자체를 찾는 것보다 사람들이 많이 모여 있는 곳, 그곳에서 우리가 잡을 수 있는 기회를 찾아야 한다. 이런 기회는 인터넷 카페가 될 수도 있고, 같은 분야에서 일하는 사람들이 모인 커뮤니티가 될 수도 있고, 불특정 다수를 대상으로 하는 네트워크망일 수도 있다. 나를 알릴 수 있는 플랫폼을 가졌느냐 갖지 못했느냐가 우리의 일뿐만 아니라 성공 여부까지 결정하는 시대가 됐다.

어떤 일을 하든지 자기 자신을 알리고 지탱해 줄 수 있는 시스템을 갖춰야 한다. 그 시스템 자체가 때로는 나의 가치와 몸값을 결정하기도 한다. 내가 나를 증명하는 것은 다른 사람에게 나에 대한 신뢰를 주는 것이며, 사람들은 그 증명을 끊임없이 요구하기도 한다. 이러한 요구에 적절히 대응할 수 있도록 자기에게 알맞은 플랫폼을 찾아서 만들어야 한다. 그렇게 되면 가만히 앉아서 기회가 찾아오게 만들 수도 있고 스스로 원하는 것을 창조할 수도 있다.

세상의 중심에서 나를 외치는 방법은 수없이 많다. 아직 어떤 것도 생각해 보지 않았고 해 본 적이 없다면 내가 할 수 있는 것부터 차근차근히 해 나가면 된다. 그 비밀을 알려 주는 사람과 책들은 주변에 얼마든지 있다.

7

스스로 일자리 창조자가 되라

누군가를 만나고, 꿈을 이루고자 필요한 것을 배우고, 여행을 다니고, 맛집을 찾아다니는 등 자기 자신을 기쁘게 하는 일은 참으로 다양하다. 사람들은 '자기 자신을 기쁘게 하는 일'에 대부분의 에너지를 쏟는다고 해도 과언이 아니다. 어떤 사람은 자신이 모은 전 재산을 지구의 반 바퀴를 도는 데 사용하는가 하면, 어떤 사람은 하루 종일 집 안에 틀어박혀서 죽어라 게임을 하기도 한다. 우리가 어떤 일에 빠질 수밖에 없다는 것은 그만큼 그 일이 우리에게 기쁨과 행복을 주기 때문이다.

그런데 구직활동은 여기에 해당하지 않는 경우가 많다. 누군가의 눈에 띄기 위해 이력서를 쓰고, 누군가의 마음에 들기 위해 있는 실력 없는 실력에 영혼의 영혼을 끌어모아 자기소개서를 쓴다. 그러다 운이 좋아서 서류 심사에 통과하게 되면 떨리는 마음을 부여잡고 면접을 봐야 한다. 얼굴은 새빨개지고, 심장은 요동치고, 나의 순서가 다가오면 갑자기 머리가 하얘지면서 화장실만 가고 싶어지는 유쾌하지 못한 경험도 해야 한다. 손이 떨리고 목소리는 염소 울음소리를 내는 지경까지 이르게 되면 어딘가로 사라지고 싶다는 생각이 들기도 한다. 이런 일련의 과정과 그 과정들을 준비해야 하는 일은 결코 즐거운 일이 될 수 없다.

기타의 활동들은 내가 능동적으로 할 수 있는 범주에 속하는 것들이 많은데 구직활동만큼은 내가 을의 입장에서 누군가의 선택을 받아야 하는 지극히 수동적인 활동이다. 내가 좋아서 하던 맛집 탐방은 날씨가 좋지 않거나 마음이 내키지 않으면 가지 않으면 그만이다. 오늘은 그냥 집에서 조용히 쉬고 싶다면 아무도 만나지 않으면 그만이다. 돈이 없으면 여행을 가지 않아도 죽지 않는다. 하지만 구직활동과 경제활동은 나의 생명권과도 직결된 것이기 때문에 도저히 모른 척하고 지나칠 수가 없다.

이런 유쾌하지 못하고 수동적인 과정을 겪고 싶지 않은 사람들은 1인 창업에 눈을 돌리기도 한다. 서울시를 비롯해서 여성의 1인 창업을 지원하는 곳은 많으니 제도를 잘 활용하면 좋다. 어떤 지인은 책 읽는 것을 무척 좋아해서 자녀에게 수백 권의 책을 읽히다가 독서지도사 자격증을 취득해 다른 아이들에게 독서 수업을 하기 시작했다. 지금은 1인 창업을 통해 아이들의 독서를 유도하는 유용한 방법에 대해 학부모를 대상으로 프로그램을 운영하고 있으며, 틈틈이 학교 등에서 수업도 한다. 자신이 좋아하는 일로 1인 창업에 도전하는 것은 생각보다 어렵지 않다.

1인 창업을 통해서만 일자리를 창조할 수 있는 것은 아니다. 구직활동을 하면서도 일자리는 얼마든지 창조할 수 있다. 가끔 구직활동에서 내가 어떤 주도권도 발휘할 수 없다는 느낌에서 헤어날 수가 없게 되면 무기력에 빠져들 때가 있다. 내가 왜 처음 보는 사람 앞에서 달달 떨어야 하며, 처음 보는 사람의 마음에 들고자 평소에 하지도 않던 조신한 태도로 있어야 하는지 말이다. 하지만 조금만 다른 관점에서 본다면 그렇게 무기력하기만 한 과정을 내가 주도해나갈 수 있다.

예전에 구청에서 함께 일했던 동료 중 한 명은 연초마다 자신의 이력서를 업데이트해서 자신이 앞으로 가고자 하는 회사들에 뿌리곤 했다. 그녀는 중장년층을 대상으로 일하고 싶어 했기 때문에 그런 사업을 하는 다른 곳으로 이직하고 싶었던 것이다. 돈도 많이 벌 수 있고 전망이 밝아서이기도 했다. 그녀는 자신이 들어가고자 하는 곳에서 사람을 뽑든 뽑지 않든 상관하지 않았다. 그저 '나 이렇게 계속해서 성장하고 있다'라는 것을 과감히 어필했다. 거기에는 어떠한 부끄러움도 없었고 오직 당당함만이 있었다. 그녀는 나날이 발전하는 자기 자신을 자랑스러워했으며 그것을 말하지 못할 어떤 이유도 없었기 때문이다. 그리고 나에게 관심 있으면 연락하고 아니면 말라는 지극히 능동적인 자세의 소유자이기도 했다. 심지어 자기를 이미 거절했던 기업에도 계속해서 업데이트되는 이력서를 보냈다.

여기에서 중요한 것은 계속 변화하는 이력서를 보냈다는 것이다. 똑같은 이력서를 계속 똑같은 데 보내면 정신병자 취급을 받게 될 것은 불을 보듯 뻔하다. 그다음부터 인사 담당자는 내 이름만 봐도 메일을 그냥 닫아 버릴 것이다. 그녀는 계속해서 자기 자신을 업그레이드했다. 자격증 하나 취득했다고 해서 제자리에 머물러 있던 것이 아니라 끝도 없이 필요한 교육을 들으러 다녔다. 이렇게 하나의 이력이 실현될 때마다 그녀는 실현이력서를 다시 만들었고, 만들자마자 자기가 원하는 회사에 과감하게 메일을 보냈다. 그러면 인사 담당자는 그녀에게 여러 가지 다른 조언을 해 준다든가, 이런 자격증이 있으면 더 좋을 것 같다든가, 곧 이런 종류의 자격을 갖춘 사람을 뽑을 것이라는 중요한 팁을 주곤 했다. 그녀는 얼마 되지 않아 자기가 그토록 원하던 곳으로 이직했다.

그 모습에 감명을 받아 나 역시 들어가고 싶었던 곳에 바로 이력서를 보냈다. 사람을 뽑는 기간도 아니었고 티오가 있는지 없는지도 알지 못했다. 뽑는 기간은 전혀 중요하지 않았다. 언젠가 그곳에서 일하는 사람들 중 한 명은 그만두게 돼 있고, 미리 보낸 나의 이력서를 누군가는 기억할 수도 있다는 사실만이 중요했다. 물론 그것이 인사 담당자에게는 쓸데없이 귀찮은 일이 될 수도 있다. 하지만 그 귀찮음은 인사 담당자의 몫이지 나의 몫이 아니다. 그의 귀찮음을 덜어 준답시고 나의 기회를 희생할 필요는 없다. 그런데 우려와는 달리 대부분의 인사 담당자들은 이런 구직자를 눈여겨보고 좋은 점수를 준다. 나 역시도 내가 이력서를 보낸 곳에 곧바로 채용됐다. 심지어 사람을 모집하는 기간이 아니었는데도 말이다. 누군가가 그만둬서 빈자리가 났는데 때마침 내가 이력서를 보냈고, 회사에서는 굳이 구인 공고를 할 필요도 없이 바로 나를 뽑았다. 이런 열정적인 사람은 처음 봤다면서 말이다.

누군가는 나의 동료가 하는 모습을 보며 뭘 저렇게까지 하나 생각하고 지나쳐 버릴 수도 있지만, 누군가는 그 모습에서 감명을 받아거울로 삼기도 한다. 같은 상황에서도 어떤 마음을 먹을지는 전적으로 자기 자신에게 달려 있고 그 선택이 가져다주는 의외의 좋은 결과들이 많다는 것을 알게 될 날이 있을 것이다.

특히, 경력단절의 시기에 있는 여성들은 그 기간을 어떻게 보냈는지 어필하는 것이 상당히 중요하다. 나는 그냥 집에서 애만 키우고 살림만 했다는 것을 증명하는 사람과 다시 일할 때를 대비해 이런 교육도 들었고 저런 자격증도 따 놨다는 것을 어필하는 사람 중에 누가 더 경쟁력이 있는지는 말하지 않아도 알 수 있다.

일자리를 스스로 창조하라는 것은 없는 직업을 만들어 내라는 의미가 아니다. 물론 없는 직업까지 만들어 내는 능력이 있다면 그만큼 창조자로서의 탁월한 능력을 갖춘 사람도 없을 것이다. 창직을 통해서 자신의 능력을 보일 수도 있다. 하지만 창직이 두려운 사람은 채용 기회를 먼저 만드는 것으로 창조자의 면모를 보여도 된다. 채용 공고가 나서 내가 지원하는 것이 아니라 내가 지원함으로써 채용되는 결과로 이어질 수 있게 하라는 의미다. 내가 정말 마음에 든다면 뽑아야 하는 사람이 없는 와중에도 나를 뽑게 될지 그것은 아무도 모르는 일이다. 어떤 사람은 중소기업에서나 통하는 말이 아니냐며 항변하기도 한다. 아니, 행동해 보지도 않고, 대기업이나 공기업에서 뽑을지 안 뽑을지 대체 어떻게 안단 말인가. 채용 기간도 아닌데 이력서를 제출한다고 해서 법에 저촉되는 것도 아니다.

그것이 정말 귀찮은 일이고 특이한 일이면 모르는 사람한테 얼굴도 보이지 않는 상태에서 잠깐 욕만 얻어먹으면 그뿐이다. 도대체 어떤 사람이 이렇게 당돌하고 진취적인지 당신의 얼굴을 보기 위해서라도 면접을 보게 되어 그것이 채용으로 이어질지 그건 정말 아무도 모른다.

어떤 장소, 어떤 시간에서도 내가 주도권을 쟁취해야 한다. 주도권을 쟁취한다는 것은 예의 없이 마구잡이로 덤벼드는 걸 의미하는 것은 결코 아니다. 그것은 바로 내 안에 잠들어 있는 혹은 죽어 있는 자신감을 깨우는 일이다. 가만히 나를 뽑아 주기를 기다리기보다 내가 있다는 것을, 이 세상에 존재한다는 것을 큰 목소리로 알려야 한다. 그래야 누군가 당신의 목소리를 듣게 된다.

사람들이 한꺼번에 소리를 지를 때 나도 같이 소리 지르면 내 목소리는 묻혀 버리고 잘 들리지 않는다. 하지만 아무도 소리를 내지 않을 때는 내가 아주 작은 소리만 내도 내 목소리가 여러 사람에게 쉽게 전달된다. 이처럼 채용 기간이 아닐 때 지원하게 되면 여러 명의 이력서에 묻혀 있을 때보다 내 이력서가 누군가에게 읽힐 확률이 더 높아질 수도 있다.

누구나 CEO가 될 수 있다

지난 20여 년간 세상은 많이 바뀌었다. 과거의 여성은 대부분 결혼하면 집에서 살림하고 애 키우고 남편 내조하는 것이 전부인 삶을 살았다. 그러나 2000년대에 들어 여성의 사회 진출이 점차 늘어나면서 여성의 경제활동 참여율이 점점 더 높아지고 있다. 그중에는 CEO로 활약하는 여성들도 많다.

리더가 되는 것보다 누군가에게 월급을 받으면서 회사에 다니는 것이 속 편한 일일지도 모른다. 하지만 우리는 끊임없이 도전 과제를 받는다. 아이를 데리러 가야 하는 시간에 눈치가 보여 퇴근도 못하는 날도 있고 뜬금없이 회식이 잡히는 날도 있다. 아무도 나의 사정 같은 건 헤아려 주지 않는다. 나 역시 회사에 다닐 때 칼퇴근을 약속받고 입사했음에도 정시 퇴근을 하는 내 뒤통수에 쏟아지는 동료 직원들의 따가운 눈총을 여러 번 느꼈다. 게다가 과장의 즉흥적인 회식 제안으로 집에 가야 한다는 말도 못 한 채 아이를 데리러 가야 하는데도 가지 못하고 발만 동동 구르다 결국 남편에게 SOS를 한 적도 있다. 칼같이 'NO'를 외치던 어느 드라마의 미스 김이 얼마나 부러웠는지 모른다.

나는 누구 밑에서 일하는 것 자체가 적성에 맞지 않는 사람이다. 누군가가 나를 위에서 누르거나 옥죄는 상황 자체를 몹시 견디기 힘들어하는 스타일이다. 월급도 많이 받지 못하니 구직자들을 돈의 액수만큼만 대하기도 했다. 어느 순간부터는 내 일이 아니니 일도 설렁설렁하게 되면서 일 자체도 재미가 없어졌다. 성과에 따라 인센티브라도 지급됐다면 더 열심히는 했겠지만 하루하루 지치기만 했을 것이다. 내 일을 하면서 돈도 많이 벌고 보람도 느끼고 싶었다. 그래서 나는 창업을 통해 대표가 됐다.

우리나라에는 직업상담사도 많고, 커리어코치 및 커리어컨설턴트를 하는 사람도 많다. 그들 중 대다수는 그냥 100만 원에서 200만 원의 돈을 받고서 하루 여덟 시간을 꼬박 일한다. 물론 그보다 더 많은 시간을 일하는 사람도 있다. 직업 상담이라고 하면 편안하게 앉아서 상담만 하면 되는 줄 알겠지만 영업도 해야 한다. 일자리를 발굴하려면 여기저기 뛰어다니면서 얼굴도장을 찍고 영업해야 하는 것이다. 같은 직종이라도 누군가는 실적에 치여 가며 일하고 누군가는 더 적은 시간 일하고 더 많은 돈을 번다.

우리에게 아무런 능력이 없고 우리가 지극히 못나 빠진 인간이 아니라면 굳이 노예 생활을 지속할 필요는 없다. 세렝게티 초원, 사자의 세계에서는 암사자가 사냥과 새끼 교육을 담당한다. 모계 사회이며 실세는 암사자에게 있다. 라이온은 킹보다 퀸이 무리를 이끈다. 우리나라의 원시 사회를 비롯해 고려 시대도 모계 사회였다는 것을 생각해 보면 애초에 여성이 리더가 될 자질이 부족한 것은 아니라는 이야기다. 어쩌면 여성에게서 주도권을 빼앗은 남성들이 다시 여성들에게 지배받는 사회를 철저히 배척해 온 결과 오늘날 여성 리더가 적은 것일지도 모른다. 우리 여성들 역시도 그것이 자연에 순응하게 된 법칙이라고 믿으면서 말이다.

만약 국가와 사회가 우리의 가치를 인정하지 않는다면 누군가가 나의 가치를 인정할 때까지 마냥 기다리지 않아도 된다. 아무리 일해도 나를 회사 임원에 앉혀 주지 않으면 스스로 임원이 되고 CEO가 되는 방법을 선택해도 된다. 우리에겐 리더로서의 자질이 충분하기 때문이다.

창업해서 CEO가 되려면 나에게 알맞은 콘텐츠가 있어야 한다. 어떤 여성은 오랫동안 꿈꿔 왔던 꽃집을 창업하게 됐다. 꽃집에서 꽃만 팔 수도 있었지만 그녀는 자신만의 프로그램을 만들고 수강생을 모아 프로그램을 운영했다. 물론 처음부터 모든 사업이 일사천리로 잘 풀렸던 것은 아니다. 수강생을 모으기 힘들어 고군분투하다 그녀가 속한 지역 커뮤니티를 중심으로 무료 수업을 하는 것부터 시작했다. 이제 막 꽃집을 운영하기 시작했거나 앞으로 꽃집을 운영하고자 하는 사람들을 모아 직업 훈련도 시켰다. 그렇게 그녀는 여러 가지 프로그램을 구상했고 홍보할 수 있는 시스템을 갖추기 시작했다. 처음엔 발품을 팔아 홍보했지만 블로그를 비롯해 카페, SNS 마케팅 시스템이 세팅되자 수강생 모집이 어렵지 않게 됐다. 지금은 3층짜리 건물에서 1층은 꽃집, 2층은 수강생 프로그램 운영, 3층은 개인 창작 활동을 하는 공간 및 사무실로 쓰면서 진정한 CEO로 거듭났다.

꽃집은 많다. 하지만 모두가 CEO가 되지는 않는다. 그녀가 CEO로 성공한 이유는 간단하다. 자기가 하는 일을 단순히 장사가 아니라 사업으로 생각했고, 자신을 그냥 꽃집 주인이 아니라 CEO로 생각하고 그에 맞게 행동했기 때문이다. 사업으로 생각하게 되니 자신의 사업을 확장할 수 있는 방법들을 끊임없이 생각하게 되고, 생각하다 보니 그것을 행동으로 옮길 수 있었던 것이다.

창업을 통해 CEO가 되는 데는 꼭 어떤 거창한 콘텐츠가 필요한 것은 아니다. 자신의 콘텐츠가 다른 사람들이 이미 다 하고 있어서 희소성이 떨어진다고 걱정할 필요도 없다. 치킨집이 넘쳐난다고 치킨집이 더 이상 안 생기고, 커피전문점이 100미터 이내에 있다고 다른 커피전문점이 안 생기는 것이 아니듯 이미 있는 콘텐츠여도 내가 어떻게 운영하고 차별화하는지에 성공 여부가 달려 있다.

어렸을 때 남자아이들의 꿈이 대통령인 것은 당연했지만 여자아이들은 그런 꿈 자체를 제한받는 환경에서 자라는 경우가 대부분이었다. 지금도 역시 남자는 파란색, 여자는 분홍색 옷을 입히고 남자에겐 축구공, 여자에겐 인형을 쥐여 주면서 서로의 역할과 정체성을 구분하려는 노력이 흔하게 일어나고 있다. 2016년 프랑스 명문 경영대학원 인시아드가 150여 개 국가 출신의 고위 경영진 2,800명의 리더십을 평가한 결과, 대부분의 리더십 요소에서 여성이 남성보다 더 높은 점수를 받았다. 누구나 내면에 리더의 정체성을 가질 수 있다는 이야기다. 여성이라서 조신해야 하는 것도, 남성의 지휘를 받아야만 하는 것도 아니다.

심리학 용어 중에 '거울 뉴런 효과'라는 것이 있다. 거울 뉴런은 타인의 행동을 보고 듣는 것만으로도 동일한 반응을 일으키도록 유도 한다. 인간이 세상에서 가장 지적인 존재가 될 수 있었던 것은 거울 뉴런의 역할이 컸다는 것이 인류학자들의 공통된 의견이다. 직접 경험하지 않아도 의사결정의 실패 확률을 줄일 수 있다는 것이다.

2007년 〈뉴잉글랜드 의학저널〉에 발표된 바에 따르면 비만인 친구가 있을 때 내가 비만이 될 확률은 57%이고, 그 친구와 매우 친할 때 내가 비만이 될 확률은 171%로 무려 세 배나 높게 나타난다고 한다. 따라서 살을 빼고 싶다면 날씬한 여자와 친하게 지내야 한다. 그렇듯 내가 CEO가 되고 싶다면 혹은 그렇게 성공하고 싶다면 CEO로 성공한 여자와 친하게 지내야 한다. 그녀가 어떤 콘텐츠를 가졌는지, 어떤 노력으로 성공했는지, 어떤 프로그램을 운영하고 있는지, 어떻게 자신의 한계를 스스로 정하지 않고 그 한계를 뛰어넘었는지 연구해야 한다. 그러다 보면 어느새 그녀를 조금은 닮아 있을 것이다. 그들을 닮고자 행하는 작은 행동만으로도 이미 당신 안에 있는 성공 요인들이 당신의 성공을 향해 집결할 준비를 하게 될 것이다.

오늘 나의 한계를 정할지 말지는 내 마음에 달렸다. 나에게 가장 용기와 확신을 줄 수 있는 사람은 바로 내가 되어야 한다. 남의 성공 역사만 바라보며 살지는 말자. 당신에게도 이미 CEO라는 거인 한 명쯤은 잠들어 있을 것이다. 바로 지금이 그 거인을 깨울 때다.

Part 3

다시 꿈부터 써 봐

1

다시 꿈부터 써 봐

사람이 처음으로 자살을 생각할 수 있게 되는 시기는 초등학교 3학년 즈음부터라고 한다. 그때쯤이면 자아가 확립되어서인 것 같다. 나는 내가 기억하는 가장 어린 시절부터 자살을 생각했다. 어렸을 때 죽을 고비도 여러 번 넘겼고 큰 사고도 겪었지만 가장 힘들었던 것은 늘 폭력 앞에 노출되어 있었던 환경이다.

초등학교 1학년 때 나는 같은 반 친구가 내 말을 듣지 않아서 커터칼을 들이밀며 위협했던 적이 있다. 이후에 친척 언니가 그렇게 하는 것은 잘못된 행동이라며 다시는 그러지 말라고 당부했다. 그런 행동이 크게 잘못된 것이라고 생각하지도 못했지만, 언니에게 혼이

난 다음부터는 두 번 다시 그런 짓을 하지 않았다. 고작 여덟 살짜리가 그런 행동을 했다는 것은 그러한 환경에 이미 충분히 노출되어 있었음을 보여 준다. 아버지는 임신한 엄마의 허벅지를 칼로 찌른 적도 있었는데 아마도 수시로 칼을 휘둘러 댔을 것이다.

그럼에도 불구하고 내게는 꿈이 많았다. 유연해서 발레리나가 되고 싶었고, 미국 드라마를 보면서 사립탐정이 되고 싶었다. 군인, 변호사, 정치인, 시인, 연극배우 등 되고 싶은 것도, 하고 싶은 일도 많았다. 가난한 사람을 돕고 싶었고, 병든 사람을 살리고 싶었다. 그러한 꿈들이 죽어 가는 고비마다 나를 살렸다. 엄마가 된 후 처음으로 생기 없이 죽은 나의 영혼을 접했을 때 꿈을 다시 살려야만 했다. 꿈을 이룬 모든 사람을 꿈의 모델로 삼았다. 작가가 된 누군가의 모습을 보면서 작가의 꿈을 꾸게 됐고, 늦은 나이에 심리학을 공부해 자신의 재능을 펼치고 있는 사람을 보며 심리학 공부를 시작했다.

다시 꿈꾸고 싶다면 최대한 꿈이 있는 사람 곁으로 가야만 한다. '거울 뉴런 효과'를 자꾸 떠올려야 한다. 내가 보는 사람들의 모습이 곧 나의 모습이 될 수 있는 이유는 이 거울 뉴런 효과 때문이다. 어떤 사람을 보면 자꾸 그 사람을 닮게 되는 것이다. 그런데 사람들은 보통 거꾸로 한다. 예쁜 여자 옆에는 주눅이 들어서 가지도 못하고, 잘나가는 여자와는 친하게 지내기는커녕 배척할 대상쯤으로 여긴다.

아이를 둘 낳고도 옛날 몸매를 유지하는 나를 보며 "너는 왜 아이를 낳고도 날씬한 거야? 얄밉게."라고 말하던 친구가 있었다. 그 친구는 다른 사람을 향해 "쟤 옆에 가지 마, 언니. 비교돼."라는 말도 했다. 내가 아이를 낳고도 몸매를 그대로 유지한 것은 저절로 된 것이 아니다. 살찌고 싶지 않은 열망으로 임신했을 때도 하루도 빼지 않고 요가, 재즈댄스, 발레 등의 운동을 하면서 노력했고, 출산 후에도 노력한 결실이 이루어졌을 뿐이다. 그런데 사람들은 그런 노력은 보지 않고 그냥 저절로 그렇게 된 줄 안다.

성공한 여자들도 처음엔 지질한 인생을 살았을 것이다. 상사 앞에서 굽실거리고 누구 앞에서 당당히 자신의 의견 하나조차 말하지 못하던 피라미 시절이 있었을 것이다. 하지만 사람들은 그 사람이 성공하기까지의 과정과 노력은 보지 않고 결과만을 놓고선 나와는 다른 사람으로 규정해 버리곤 한다. 그런 성공은 결코 내 것이 될 수 없는 그녀만의 역사라고 생각하기 때문이다.

담배를 피우는 친구가 있으면 따라서 피울 확률이 16배라고 한다. 꿈이 없는 사람과 어울리면 매일을 그의 신세 한탄만 듣게 될 것이다. 꿈이 있는 사람, 성공하고자 하는 사람, 이미 성공한 사람들 옆으로 가서 비전과 꿈을 키워 나가야 한다. 그렇게 하면 당신의 삶에 마법과도 같은 일이 일어날 것이다. 그들이 그렇게 된 이유와 비밀을 곧 알게 될 것이다. 우리는 자주 만나는 사람의 영향을 받게 되어 있다.

나는 20대 시절부터 사람들에게 꿈이 무엇인지 물어보기를 즐겼다. 누군가의 꿈을 물어보면 그 사람의 철학은 무엇인지, 요즘의 고민은 무엇인지, 어떤 생각을 하며 살고 있는지를 대충 알 수 있기 때문이다. 20대 때 또래들에게 그런 질문을 던지면 질문을 받은 사람들은 무언가 하나 정도는 자신의 꿈에 관해 이야기했다. 당장에 생각이 안 나면 그제라도 생각해 보려는 노력이라도 했다. 그런데 최근에 주부가 된 사람들, 어른이 된 사람들에게 꿈이 뭐냐고 물어보면 꿈같은 건 없다고 말하는 사람들이 태반이었다. 그냥 아이들이 건강하게 자라는 것, 가족이 행복한 것이 꿈이라고 말한다. 물론 그것만큼 최고의 꿈은 없을 것이다. 하지만 자기 자신만의 고유한 꿈은 갖지 못한 채 두루뭉술하게 말해 버리고 마는 변명 같기도 하다.

'새 술은 새 부대에 담으라'라는 성경 구절이 있다. 담긴 내용물만큼 그것을 담을 그릇 역시 중요하다는, 즉 내용만큼 형식도 중요하다는 말이다. 새로운 일을 시작하기 위해서는 새로운 마음가짐을 갖는 것이 필수다.

예전에 함께 고시 공부를 했던 지인들 중에는 아직도 고시에 대한 미련을 버리지 못하고 신림동 어디선가 고시촌 귀신으로 살아가는 사람들이 있다. 그들 중에는 이미 가정을 꾸린 가장들도 있다. 새로운 일을 해 보지만 여전히 고시에 대한 미련을 버리지 못한 채 몸은 가정에 있어도 마음은 정착하지 못하고 떠돌이 생활을 하고 있는 사람들이다.

친한 동생은 힘들게 고시에 합격해 놓고선 막상 자신이 고대하던 일과는 거리가 먼 일 앞에서 과감히 다른 일을 선택해 다른 직업에 종사하고 있다. 고시를 패스해도 그것이 우리에게 막대한 부귀영화를 가져다주지는 않는다는 것을 신림동 귀신을 자처하는 사람들 역시 알고 있을 것이다. 하지만 나이도 먹을 만큼 먹었고, 그 나이에 새로운 일을 하는 데 필요한 용기를 끄집어내는 것보다는 그냥 하던 공부를 해서 시험에 합격하는 편이 훨씬 수월하고 시간을 단축하는 일이라고 생각할 수 있다. 이 얼마나 패배주의적이며 시간과 인생을 낭비하는 것인가.

나는 엄마가 되면서 낡은 나를 버렸다. 새로운 인생을 시작하면서 새로운 꿈의 목록을 펼쳤다. 나는 오직 공무원이라는 하나의 직업밖에 모른 채 살았기 때문에 많은 사람들에게 더 넓은 직업의 세계를 알려 주기 위해 직업상담사가 됐다. 나의 실패 스토리와 불운했던 이야기를 통해 많은 사람에게 희망을 주고자 작가가 됐다. 앞으로 나는 이 모든 것을 총망라한 선한 메신저로서의 삶을 살 것이다.

누구에게라도 나의 메시지를 전달할 수 있는 삶을 살기 위해 더 많은 직업을 가질 것이고 더 많은 꿈을 꿀 것이다. 내 꿈의 목록 다음 페이지에는 또 어떤 꿈들이 적힐지 기대된다.

한 손에는 낡은 꿈을 꼭 쥐고서는 아무리 다른 일을 해 봐도 낡은 꿈이 계속 눈에 들어오게 되는 법이다. 낡은 꿈을 꼭 쥔 이들은 결코 새로운 인생을 시도할 기회를 가질 수 없다. 새로운 일을 시도하더라도 낡은 꿈이 새로운 길을 자꾸 가로막는 통에 새로운 길을 오래 걷지도 못하고 이내 출발했던 원점으로 되돌아오기 일쑤다. 자신을 끊임없이 비참하게 만들고 정착하지 못해 떠도는 기러기와 같은 인생을 살게 만드는 것이 과연 얼마나 소중한 꿈이 될 수 있을까.

어떤 한 분야에 계속해서 도전했는데도 계속해서 실패만 하게 되면 사람은 유령처럼 변하게 된다. 남이 뭐라고 말하는 소리도 귀에 들어오지 않고 세상의 어떤 소리도 들리지 않은 채 그냥 무의 세계에서 혼자 떠도는 유령 말이다. 나 역시 고시를 그만두기 직전, 시험을 보러 가는 도중에 그냥 우두커니 서 있었던 적이 있다. '해 봐야 무슨 소용이 있을까?' 이런 패배주의적인 관념만이 온통 내 머리를 채우고 있었다. 그때의 시간은 정말 적막했고 많은 사람으로 붐비던 지하철역 안이 그렇게 고요하게 느껴질 수 없었다. 나 혼자 대열에서 이탈해 다른 곳에 뚝 떨어진 병사처럼 말이다. 결국 나는 그날

시험을 보러 가지 않았다. 이미 내 마음은 늙어 버렸기 때문이었다.

엄마가 되면 다시 꿈을 꾸기가 쉽지 않다. 내 인생에서 아이들이 주인공 자리를 차지하기 때문이다. 이제 육아 서적을 손에서 내려 놓아야 한다. 육아 서적은 오직 아이가 주인공이며 엄마에게 아이를 위해서 해야 할 일들만 끊임없이 요구하고 있다. 육아 서적을 내려놓고 이제는 나의 꿈 목록을 펼쳐야 한다. 다시 우리의 꿈을 써 나가야 한다. 새로운 꿈을 꾸고 새로운 일을 할 만한 용기가 부족하다면 그런 용기를 줄 수 있는 기관과 사람들을 찾아야만 한다. 의외로 우리나라에는 남을 돕기로 작정한 사람들이 많기 때문에 이를 찾는 것이 결코 어렵지 않을 것이다.

변해야겠다고 생각하는 순간, 새로운 꿈을 찾아야겠다고 다짐하는 순간, 우리의 삶은 이미 변하기 시작하고 우리의 마음은 이미 새로운 꿈을 담을 준비가 된다. 우리는 낡은 꿈을 두 손에 꼭 쥐고 낡은 채로 살아가기엔, 과거의 꿈만 이야기하기엔 너무나 아까운 존재들이다.

꿈은 밀린 숙제가 아니다

누구에게나 한 번쯤은 초등학교 때 방학 숙제인 일기를 한꺼번에 몰아서 썼던 기억이 있을 것이다. 이때 내용은 어떻게든 지으면 그만인데 날씨를 적어야 할 때 최대의 난관이 닥쳐온다. 날씨를 한 번이라도 잘못 적으면 그날그날 일기를 쓰지 않았다는 것을 선생님께 들키고야 만다. 나는 늘 이 날씨에 가로막혀 끝내는 일기 쓰는 것을 포기하고 말았다. 매일매일 똑같은 하루에, 어디 하나 특별할 데도 없는 방학이라 쓸 것도 없는 데다, 왜 내 일기를 선생님이 검사하는지도 도무지 이해되지 않았다. 그래도 일기는 그날그날 계속 써야 한다는 교훈은 얻었다. 기억을 짜내서 날씨를 써야 할 때면 언제나.

초등학교 2학년 때 숙제를 해 가지 않은 적이 있었다. 선생님은 나를 비롯한 몇 명의 아이들을 호되게 혼냈고, 어린 나에겐 그것이 굉장히 충격적인 사건이었다. 숙제를 안 하면 혼이 난다는 것을 그때 처음 알았다. 이후부터 학교에서 집에 돌아오면 무조건 숙제부터 했다. 선생님한테 두 번 다시는 혼나고 싶지 않았기 때문이다.

만약 숙제를 하지 않았을 때 혼이 났던 것처럼, 오늘 우리가 꿈을 꾸지 않는다고 누군가에게 혼이 난다면 꿈을 꾸게 될 수 있을까? 없던 꿈도 만들어 낼 수 있을 정도의 동기부여는 될지 몰라도 그것은 진정한 나의 꿈이 될 수 없고 전혀 기쁜 일이 될 수도 없을 것이다. 꿈이란 것은 밀린 숙제를 하거나 숙제를 안 해서 혼나는 것과는 차원이 다르다. 그런데 우리는 어렸을 때부터 늘 누군가에게 꿈을 꿔야 한다고 강요 아닌 강요를 당하면서 살아왔다. 그것을 내 아이에게 똑같이 하고 있을 때도 있다. 우리에겐 우리 자신을 이끌 수 있는, 우리 자신 안에 있는 꿈을 이끌어 낼 수 있는 내적 동기가 있어야 한다. 그것이 없다면 우리의 꿈은 누군가에게 강요된 꿈, 검사를 맡아야 하는 숙제가 돼 버리기 십상이다.

처음에 글을 쓰기 시작했을 때는 나중에 늙어서 책 한 권 내 보는 게 소원이었다. 그 꿈을 바라보며 하고 싶지 않은 일들을 꾹 참아가며 하고 있었다. 그런데 어느 날 문득 '지금 그렇게 원하는 작가라는 꿈을 군이 나이 들어서 이룰 필요가 있나? 지금 이루면 안 되나?' 하는 생각이 들었다. 아직 스스로 준비되어 있지 않다고 생각해서 소중한 꿈 하나를 미루고 미루며 하루라도 빨리 이룰 수 있는 꿈의 시간들을 그냥 그렇게 흘려보내고 있었던 것이다. 이미 내 곁에 있는 소중한 꿈을 자꾸만 나중으로 미뤘던 것이다.

'나중'이라는 단어와 친하게 지내다 보면 어느새 꿈에서 멀어진 나만 덩그러니 남아 있을지도 모른다. 희망도, 행복도, 꿈도, 사랑도 어느 날 하늘에서 뚝 떨어지는 행운이 아니다. 그 모든 것을 가질 수도 있고 갖지 못할 수도 있다. 제비가 박씨를 물어다 주듯 기다리다 보면 누가 가져다주는 것이 아니라 내 안에서 내가 찾아야 하며 지켜야 하는 것들이다. 물론 내가 선택할 수도 있다. 어떤 꿈을 가지고 앞으로 나아갈지, 어떤 희망을 품고 앞으로 나아갈지, 어떤 꿈을 찾아 나설지는 전적으로 나 자신에게 달렸다.

잃어버린 꿈과 아직 찾지 못한 꿈을 찾기 위해서는 오늘의 나를 만나야 한다. 기억 속에만 존재하는 과거의 나도 아니고, 아직 오지 않은 말뿐인 나도 아니다. 나의 남편은 말로는 미래의 나를 엄청나게 호강시켜 주고 있다. 원래 남자들이란 존재가 호언장담과 허세의 아이콘이라고는 하지만, 말로는 사모님도 시켜 주고 명품 백도 사 주고 좋은 집에서 살게 해 주고 있다. 남편이 아직 오지도 않은 미래만을 자꾸 이야기하는 것은 남편 역시도 현재의 자신을 깊이 만나지 않았기 때문이다.

지금의 나를 만나고 자꾸 내면에 귀를 기울이며 내가 지금 원하는 것이 무엇인지, 내게 부족한 것이 무엇인지를 자신에게 물어보는 사람은 현재의 꿈을 위해 달릴 수밖에 없다. 그것을 지금 하지 않고서는 못 배기는 것이다. 내가 그렇게 간절히 원하는 것인데 어찌 외면할 수 있으며, 내게 부족한 것이 어떤 건지 뻔히 보이는데 그것을 채우기 위해 어찌 노력하지 않을 수 있겠는가. 나이가 들면 들수록 자신을 들여다보는 시간을 가져야 하는데, 우리는 그렇게 하지 않는다. 청소년일 때는 끊임없이 나는 누구인가, 나는 어디에서 왔는가 이런 고민을 하다가, 어른이 됐을 때는 막상 그런 고민과 존재에 관한 질문을 잊은 채로 살아가다 자기 자신을 잃어버리곤 한다. 아내와 대화가 통하지 않고, 남편과 대화를 하지 않고, 자식과 대화가 단절되는 것은 자기 자신과 제대로 대화를 해 보지 않아서다.

우리는 나이가 들수록 오늘을 꺼내 놓기가 힘들다. 자신의 상처와 고민 등 자신의 이야기를 꺼내기 힘들어진다. 그러다 결국 거침없었던 청춘의 때를 그리워한다. 가끔 나는 철없이 굴던 어린 시절이 몹시도 그리울 때가 있다. 어른이 되었다는 생각에, 어른처럼 행동해야 한다는 생각에 자꾸만 나를 꾸미게 되고 우아하게 보이려 하고 다른 사람이 되려고만 하기 때문이다. 다른 사람들과 보내는 시간 대신 나 혼자 있는 시간이 더 편하게 느껴져 누군가를 만나느니 그냥 집에서 텔레비전이나 보는 것이 더 낫다는 생각이 수시로 든다.

내 주위에도 자발적 고립을 택하는 사람이 많다. 어떤 동생은 한 번도 자기 자신에 대해 생각해 보지 않다가 엄마가 된 후 오춘기를 겪으며 철저하게 남들과 분리된 삶을 택했다. 나와 약속을 해 놓고도 잊어버리곤 했고, 심지어 가족들에게 연락도 하지 않고 밤 12시에 귀가하기도 했다. 누군가와 무언가를 나누고 네트워크를 형성하고 그것을 계기로 자신의 욕구를 발산하는 데 더 이상의 에너지를 쏟으려 하지 않는 사람들이 많다. 우리에게 주어진 많은 역할들이 이미 소진됐기 때문이기도 하고, 자신을 대하는 만큼만 남을 대하기 때문이기도 하다. 자기를 제대로 만나지 않는데 남이라고 어찌 만날 수 있으며 만나고 싶은 마음이 들겠는가.

아무런 의욕 없이 오늘을 죽이고, 오늘을 죽이니 당연히 미래 역시도 죽게 된다. 우리는 꿈꾸던 자리에서 내려와 이제는 자식 꿈이나 받쳐 주다가 서서히 지게 된 후 하늘로 간다. 그때 신은 우리의 숙제를 검사할지도 모른다. 꿈을 꾸었냐고, 꿈을 몇 개나 이루었냐고, 내가 준 하루하루를 충실히 살았느냐고, 시간이라는 선물을 감사히 받았느냐고.

다행히 우리의 삶은 아직 종료 휘슬이 울리지 않았다. 하루 중 오전이나 정오의 삶을 살고 있을 뿐이다. 아직 오후의 시간과 저녁, 밤의 시간이 우리 인생에 남아 있다.

내게 주어진 오늘이라는 시간과 그 안에서 충분히 꿈꿀 수 있는 나의 모습을 더 이상 희생하지 말자. 꿈이 있는 한 우리는 모두 청춘이다. 먼 훗날 지금을 후회하며 자책하지 않는 삶을 우리는 충분히 살 수 있다. 꿈은 한평생 우리와 함께하는 친구다. 꿈과 함께한다면 늘 지금을 살 수 있다. 꿈이 있어 청춘인 채로 말이다.

꿈꿀 수 있는 나이가 따로 있는 것은 아니다

사랑

허옥순

눈만 뜨면

애기 업고 밭에 가고

소 풀 베고 나무하러 가고

새끼 꼬고 밤에는 호롱불 쓰고

밥 먹고 자고

새벽에 일어나 아침하고

사랑받을 시간이 없더라.

일흔이 넘어 처음 한글을 배운 허옥순 할머니가 지은 시다. 일본의 시바타 도요 할머니는 92세에 아들의 권유로 시를 쓰기 시작해 100세에 시집을 발간하여 일본 열도를 놀라게 했다. 보통 사람들은 시심이라는 것이 특별한 누군가에게만 있는 능력이라고 생각하기 쉽고, 시라는 문학은 문학 가운데서도 가장 접근하기 힘든 것으로 생각해 가까이하는 사람도 많지 않다. 하지만 가장 보통의 할머니, 아무것도 할 줄 모를 것만 같은 연약한 두 할머니의 시를 보고 있자면 육신은 비록 나이가 들지언정, 우리 안에 있는 영감은 결코 나이를 먹지 않는다는 것을 느끼게 된다.

미얀마의 올랑 사키아 부족은 나이를 거꾸로 센다고 한다. 태어나면 예순 살이고, 한 해씩 지날 때마다 나이가 적어져 60년이 지나면 0세가 된다. 0세보다 더 오래 살게 되면 그것은 덤으로 여겨 다시 열 살을 더해 주고 거기서부터 한 살씩 줄여 나간다. 아마도 매일을 더 젊게 살라는 뜻일 거다. 두 할머니 모두 거꾸로 나이를 먹어 다시 젊은 시절을 살다 지금은 덤으로 시인으로 살고 있는 것만 같다.

나의 어릴 적 꿈 중에도 시인이 있었다. 초등학교 3학년 때 시를 처음 썼는데, 그때 담임선생님이 시는 그렇게 쓰는 게 아니라고 나의 꿈을 꺾어 놓지만 않았어도 나는 더 빨리 시인이 됐을 것이다. 나는 결혼 후 시를 쓰기 시작했다. 자작한 시들을 나의 플랫폼에 실었고 의외로 많은 사람들이 나의 시를 좋아해 줬다. 그러다 어느 문학지에서 신인작품상을 받게 됐다. 더 좋은 문학지를 통해서 등단하고 싶어 그때의 신인작품상은 거절했지만, 나는 시인의 정체성을 가진 채 지금도 여전히 시를 짓고 있고 누구보다도 시를 사랑한다.

아이들을 키우다가 무언가를 다시 시작하려 할 때면 내면에서 두 가지 목소리가 들린다. '하면 뭐 어때서'와 '이 나이에 해서 뭐 하게'이다. 내 버킷리스트 중에는 원어민과 막힘없이 영어로 소통하는 것이 있다. 그래서 원어민 선생님과 함께하는 영어 스터디를 모집하기 시작했다. 사람들은 '그 나이에 영어는 해서 뭐 하려고 저러나' 하는 반응을 보였다. 그래도 마음이 맞는 사람들이 있어 영어 스터디를 시작하게 됐다. 처음엔 모두 의욕적이었다. 아이만 키우다 새로운 공부를 하게 된 것이 신선하게 느껴져서인지 모두가 들떠 있었다. 잘 해 보자고 서로 응원도 하고, 언젠가 다 같이 해외여행도 가길 꿈꾸면서 말이다.

하지만 3개월 만에 그런 설렘은 모두 사라졌다. 수업 내용은 점점 어려워졌고, 자기보다 잘하는 사람에게 열등감도 들고, 하기 싫은 마음도 스멀스멀 올라오기 시작했다. 그렇게 한 명이 빠지더니 다섯 명 중 세 명이 빠지는 지경까지 이르렀다. 제각기 자신들만의 변명은 있었지만 노력은 하고 싶지 않고 실력은 늘지 않는 상황에서 방어기제 하나 정도는 작동시켜야 했던 것이다. '너 때문에', '상황 때문에' 등 투사의 방어기제가 나타나 노력하고 싶지 않은 자기 내면의 원인은 외면했을 것이다. '지금 이 나이에 실력도 언제 늘지 모르는데 영어 공부는 해서 뭐 하나' 하는 내면의 목소리에 귀를 기울였을 것이다. 영어를 공부한 이후의 모습을 꿈꾸기보다 당장의 매몰비용과 기회비용만이 눈에 들어왔을지도 모르겠다.

애초에 영어를 잘하고자 하는 의지가 있었다면 끝까지 본인에게 그 몫이 달려 있다. 잘못을 다른 사람의 탓으로 돌리는 것은 꿈의 시간도 되돌린다. 애당초 꿈이 없었던 시간으로 말이다. '내게 훌륭한 아이디어가 있지만 투자자들이 투자할 생각이 없네', '내가 훌륭한 제품을 만들었지만 시장 상황이 안 좋아 판매가 되질 않네' 등등의 변명이 다 무슨 소용인가. 꿈이 있다면 잘되도록 하는 것은 나의 책임이고 몫이다. 꿈을 이루지 못했다면 자신의 잘못이지 다른 사람의 잘못이 아니다. 우리는 각자의 꿈에 책임이 있다.

당장의 어떤 성과보다 우리는 꿈의 여정을 즐길 줄 알아야 한다. 목표도 중요하지만 때로는 목표보다 여정의 시간이 무언가를 가져다줄 수도 있다. 우리에겐 여러 가지 꿈이 있고, 꿈 중 하나에 도달하게 되면 바로 그곳이 행복이 있는 기적의 장소이다. 꿈을 이룬다는 것은 순간적인 감각이고 우리의 생은 순간을 뛰어넘는다. 진실로 우리의 모든 꿈을 이루는 한 가지 길은 여정의 각 단계를 즐기는 *것이다. 그것이 최선의 길이다.* 만약 지금 배움의 과정들을 즐기고 있다면 그것이 모여 우리에게 더 가치 있는 일을 가져다줄 수도 있다. 우리가 꿈을 꾼다고 해서 늘 꿈이 이루어지리라는 보장은 없지만 이루어지지 않는다 해도 우리는 여정을 충분히 즐겼기에 보람되었노라 말할 수 있다.

누군가는 물을 것이다. 그 나이에 영어를 배워서 도대체 뭐 하느냐고. 그럼 나는 대답할 것이다. 다른 나라 친구를 사귀고, 남들이 남 말하면서 희열을 느낄 때 나는 남의 나라말을 하며 희열을 느낄 거라고, 그렇게 되어 가는 과정 자체를 즐길 것이라고 말이다. 나는 나이기에 할 수 있는 일을 하고 나이기에 살게 되는 삶을 산다. 조금만 어려우면 금방 그만두는 모습이 아니라 힘들어도 끝까지 하는 모습을 아이들에게 유산으로 물려줄 것이다. 당신은 지금 나에게 그렇게 의문을 가지고 물어보겠지만, 언젠가 당신의 자녀가 당신에게 묻게 될지도 모른다. 엄마는 조금만 어려워도 그만두면서 나한테는 왜 힘들어도 하라고 하냐고, 엄마는 꿈도 없이 살면서 내가 지금 꿈을 꾸는 게 다 무슨 소용이냐고, 어차피 엄마 나이가 되면 꿈도 없이 살게 될 텐데 지금 꿈을 꿔 본들 뭐 하느냐고 말이다.

달이 보이지 않는다고 해서 그것이 존재하지 않는 것이 아니듯 우리의 꿈도 언제나 우리 곁에 있다. 우리가 늘 그것을 외면하고 돌아보지 않았을 뿐, 이제는 꿈에게 친절해야 한다. 꿈이 나에게 말을 걸어오면 거기에 대답해야 한다. 꿈과의 관계를 회복한다면 꿈은 언제든 내 편이 될 것이다. 우리가 젊든 늙든 상관없이 말이다.

이미 있었네, 내 곁에

조우관

기다리면 희망이 온다기에
오도카니 한자리에서만 기다렸더니
온다던 희망은 산허리에 걸려 내려올 줄 몰랐네.

행복은 찾아야 한다기에
희망이 걸려 있던 산을 오르다 문득 뒤돌아보니
방금 전 기다리던 자리에 행복이 놓여 있었네.

희망은 멀리 있어 보이질 않고
행복은 가까이 있어 보이질 않더군.
그렇게 애먼 데서 다른 것들을 찾아 잘도 헤매었더군.

꿈을 찾으면 직업은 따라온다

행복해야지 하면 오히려 잘 안 되는 법이다. 아이러니하게도 행복하려면 행복을 잊어버려야 한단다. 이와 마찬가지로 자신이 진짜 하고자 하는 일, 진정으로 자신에게 맞는 직업을 갖고자 한다면 직업 자체를 잊어버려야 한다. 우리는 어렸을 때부터 꿈을 말해 왔다. 끊임없이 누군가가 우리에게 꿈이 무엇인지 물어봤다.

어렸을 땐 하늘을 나는 것, 우주에 가는 것, 로봇을 만드는 것 등을 말하다가 어느 순간부터 과학자, 변호사, 의사 등의 직업을 말하기 시작했다. 그러면서 자신에게 맞는 직업이 무엇인지 모르거나 찾지 못한 사람들이 꿈이 무엇이냐는 질문에 꿈이 없다고 말하게 된 것이다. 꿈이 뭐냐고 물어봤을 때 되고 싶은 것이 없다고 말하는 사람들이 많은 걸 보면, 그만큼 꿈과 되고 싶은 것을 같은 것으로 생각하는 사람들이 많은 듯하다.

친한 동생은 20대 초반에 변호사가 되려고 공부했다. 하지만 그 동생은 자기가 법을 좋아하지 않는다는 것을 깨달았다. 점수에 맞춰서 대학을 선택하고 법학과를 가게 된 후 그냥 자연스럽게 사법시험을 쳐야 한다고만 생각하고 살았지, 자신이 법을 좋아하는지에 대해서는 한 번도 진지하게 생각해 보지 않았던 것이다. 무엇보다 그녀는 자유로운 영혼의 소유자였다. 어떤 규칙이나 룰에 얽매이는 것을 끔찍이도 싫어했으며, 그런 이야기만 들어도 숨이 막힌다는 걸 알게 됐다.

결국 그녀는 사법시험 준비를 그만두었고, 자신이 평소에 무엇에 관심이 있는지 진지하게 고민하기 시작했다. 30대가 되어서야 자기가 사진 찍는 일에 에너지를 가장 많이 분출하고 있음을 알게 됐다. 그래서 다시 사진 관련 전공을 선택해서 사진 공부를 시작했고 지금은 잘나가는 포토그래퍼로 꿈을 펼치고 있다. 누군가는 그것이 취미이지 직업이 될 수 있느냐고 물었지만, 그녀는 자신이 진정으로 원하는 것을 직업으로 연결해야만 했다. 하기 싫은 일을 억지로 하면서 평생을 보낼 자신이 없었기 때문이다.

나 역시 20대에 직업을 찾기가 무척 힘들었다. 내가 할 수 있는 일을 찾아봤지만 들어갈 수 있는 회사가 별로 없었다. 사실, 어떤 직업들이 있는지도 잘 몰랐다. 학교 취업지원실에서 일하게 되면서도 단지 스쳐 가는 직업이라고만 생각했다. 이후에는 고시에 합격해서 고위 공무원이 되는 것이 내 직업 세계에서 내가 알고 있는 유일한 직업군이었다. 그렇지만 고시 공부에 실패하고 세상을 바라보자 세상에는 내가 몰랐던 직업들, 내가 할 수 있었지만 할 수 있을 거라고 생각지도 못했던 직업들이 정말 다양하게 존재하고 있었다.

공무원 시험을 위해 청춘을 바치고 있는 수십만 명의 젊은이들이 너무 안타깝고 세상에는 선택할 수 있는 직업이 무수히 많다는 것을 알려 주고 싶어서 직업상담사가 됐다. 지난날의 암울했던 나의 역사가 부끄럽고 내 성장 과정에 회의를 품었던 적이 많았지만, 상처를 가진 사람들과 삶을 포기하려고 하는 사람들을 위해 일하고 싶었다. 내가 나를 포기하지 않는다면 얼마든지 더 나은 삶을 살 수 있다는 메시지를 던져 주고 싶었다. 그래서 작가를 넘어 동기부여가가 되기를 꿈꾸게 됐고, 그것을 직업으로까지 연결할 수 있었다.

사람들은 돈을 벌기 위해 직업을 찾는다. 자본주의 사회에서 어찌 보면 당연한 일이다. 하지만 돈에만 초점을 맞춰 직업을 찾다 보면 그것은 결국 괴로운 일이 되어 다른 일을 찾게 될 수밖에 없다. 만약에 돈을 벌기 위해 작가가 되려는 사람이 있다면 그는 많은 책을 써 낼 수 없을 것이다. 책을 써 봐야 돈도 많이 못 벌고 창작의 고통만 느낀다는 것을 깨닫게 되어 결국 돈을 더 많이 벌어다 주는 다른 직업을 찾을 수밖에 없다.

나는 무엇을 좋아하고 잘하는지 자기 자신에게 수백 번 물어봐야 한다. 직업을 찾는 것이 아니라 내가 정말 좋아하는 것을 직업으로 연결하기 위해 수년에 걸쳐 자기 자신에게 묻고, 다른 사람들을 만나고, 조사해야 한다. 어떤 경험을 쌓았는지, 어떤 전문성을 갖췄는지, 나의 전문성을 보여 줄 수 있는 성취에는 어떤 것들이 있는지, 어떤 노력을 해 왔는지를 살펴봐야 한다. 경험을 많이 쌓으면 쌓을수록 직업은 더 빨리 찾아온다.

온라인 커뮤니티를 통해서 우연히 알게 된 어느 여성은 평소에 일기 쓰는 것을 좋아했다. 엄마가 된 후에도 육아 다이어리를 꾸준히 블로그에 올렸다. 일기를 쓰는 일이 얼마나 삶을 풍요롭게 하는지 깨닫게 됐고 그것을 다른 사람들에게도 알려 주고 싶은 마음이 들었다고 한다. 그 후 그녀는 어떻게 하면 자기가 좋아하는 것을 일로 연결할 수 있을지 찾아보게 됐고, 어느 기관에서 청소년 및 성인을 대상으로 일기 쓰기와 관련한 코칭을 하기 시작했다. 그것이 계기가 되어 프리랜서 라디오 작가로도 일하고 있다. 좋아하는 것은 일기 쓰기 하나였지만 그것을 계기로 그녀는 코치도 됐고, 라디오 작가까지 됐다.

말하는 것을 좋아하고 다른 사람의 말투에 관심이 많았던 어느 지인은 커뮤니케이션에 대해 공부하기 시작하면서 커뮤니케이션과 관련된 연구소를 차렸다. 연구소를 찾는 사람들의 말투와 화법을 교정해 주는 코치가 됐고, 언어치료에 관한 공부를 병행하여 언어발달이 늦어지는 아이들을 대상으로 언어치료사로도 일하게 됐다. 그녀 역시 꿈은 하나였지만 직업은 여러 개를 가지게 되었다.

직업을 알기 전에 우리에게 꿈은 무언가 할 수 있는 동사였다. 하지만 꿈이 직업화되면서 꿈은 명사화되기 시작했다. 그러면서 우리는 하나의 골문을 향해 내달리게 됐고, 목표 지점도 다들 비슷해지기 시작했다. 모든 청년들이 대기업 입사를 꿈꾸고 공무원이 되고자 한다. 변호사, 의사 등 아직도 '사' 자 직업을 1순위로 꼽는다. 경쟁은 더 치열해졌고 목적도, 꿈도 비슷해졌고, 결과에 집착하게 됐다.

꿈은 매 순간 우리가 경험하는 것이고, 마음으로 그리게 되는 것이다. 그렇기 때문에 꿈은 하나지만 직업은 여러 개가 될 수 있다. 나의 꿈은 죽어 가는 사람들을 살리는 것이다. 그래서 작가가 됐고, 강연가가 되기로 했고, 유명한 사람이 되고 싶었다. 만약 나의 이야기를 더 많은 사람에게 알릴 수 있는 직업을 알게 된다면 또한 그 직업을 선택할 것이다.

　죽을 때까지 하고 싶은 일이 단 한 가지인 사람은 세상에 없다. 그림 그리는 것을 좋아하고, 그것이 꿈이었던 사람은 굳이 화가가 되지 않아도 꿈을 이룰 수 있다. 어떤 이는 아프리카에서 아이들을 위해 봉사하는 것을 직업으로 선택한 후 아이들에게 그림을 그려 주는 사람이 됐다. 화가라는 직업 대신 선교사가 됐지만 그는 여전히 그림을 그리는 사람이다. 지인 중 호스피스로 일하는 사람이 있다. 병들어 죽어 가는 사람들을 위해 일하고 싶었던 꿈을 이루게 된 것이다. 병든 사람을 위해 일할 수 있는 직업에는 단순히 의사나 간호사만 있는 것이 아니라는 이야기다.

　무언가가 되겠다는 생각 이전에 무언가를 하고 싶은지에 대해 진지하게 고민해 본다면 다음에 내가 선택할 수 있는 직업은 좀 더 다양해질 것이고, 하고 싶은 일을 하다 보면 직업은 자연히 내게 찾아올 것이다. 직업은 꿈을 위한 도구이지 우리 자신이 될 수 없고 우리의 정체성이 될 수 없다. 사람은 죽기 전에 자신이 이루지 못했던 꿈을 생각하며 아쉬워하지, 못 가져 본 직업에 대해 아쉬워하지는 않는다. 진정한 행복은 자신이 좋아하는 일에 얼마나 집중하고 있느냐이다. 어디로 가고 있는지 모른다 해도 상관없다. 나의 꿈이기에 선택한 길이라면 이미 행복이 기다리고 있을 것이기에.

드림 킬러를 칼링하라

우리의 꿈을 황폐화하고 파괴하는 가장 좋은 방법 중 하나는 남이 우리의 꿈을 결정하고 평가하도록 내버려 두는 것이다. 다른 사람이 내 문제에 대한 해결책을 갖고 있다고 믿는 것이다. 그러나 아무도 나를 위한 완전한 해답을 가지고 있지 않다. 친구, 동료, 가족에게 조언을 구하고 그 과정에서 그들은 이렇게 하라, 저렇게 하라 말하지만 그들은 나에 대해서 완벽하게 알지 못할 뿐만 아니라 나의 꿈에 관심조차 없는 경우도 있다. 결국 나의 꿈에 대한 최종 결정은 나의 몫으로 남는다.

가끔 우리는 어떤 절대적인 존재에게 나에 관한 결정을 내맡기곤 한다. 그렇게 되면 결국 변화를 두려워하는 나의 내면의 무기력과 다른 사람의 부정적인 말이 만나 꿈이 방치되는 결과를 초래한다. 거기엔 적당한 핑계도 가미돼야 묘미다. 나는 부모를 잘못 만나서, 가진 것이 없어서, 아무도 내 꿈을 지지해 주지 않아서 등등 결국은 자신의 용기가 부족했던 탓에 이루지 못한 것을 자꾸만 환경에서 원인을 찾게 된다.

나는 결혼 전까지 제대로 된 집이 없었다. 일곱 살 땐 여인숙에서 살았고, 초등학교에 다니는 내내 남의 집 셋방살이를 하면서 살았다. 대학교에 다닐 때는 기숙사에서, 졸업 후 일을 할 때는 남의 집 방을 얻어서, 고시 공부를 할 때는 고시원에서 살았다. 그리고 남들보다 나이 많은 아버지를 두었다. 친구들의 할아버지뻘인 아버지였다. 나이가 많다 보니 경제활동을 거의 하지 못했고, 세상을 잘못 만나 인생이 잘못 풀렸다고 믿고 있는 아버지였다. 가슴에 맺힌 원과 한을 나밖에는 풀 데가 없는 사람이었다. 나를 한번 때리기 시작하면 자신의 모든 분노를 쏟아붓는 지경까지 이르렀고, 늘 식칼을 들고 내 손가락을 잘라 버리겠노라 윽박지르곤 했다.

초등학교 때 해가 지는 줄도 모르고 친구 집에서 놀다가 아버지한테 집까지 가는 내내 개처럼 끌려가며 맞은 적이 있다. 중학교 3학년 때는 아버지의 주먹에 맞아 눈이 심하게 붓고 멍이 들어 학교에 갈 수 없었던 적도 있다. 아버지가 스테이플러를 제자리에 놔두지 않았다고 나무랐는데 나도 모르게 '에이씨'라는 말이 입 밖으로 나오면서 그 자리에서 주먹으로 사정없이 맞아야 했다. 고등학교 때는 아버지가 휘두르는 칼에 찔려 응급실에 실려 간 적도 있다. 원래 잽을 자꾸만 날리다 보면 언젠가 어퍼컷 한 방을 크게 날리는 법이다. 자꾸만 칼을 들고 위협하던 아버지는 결국에 나를 칼로 찔렀는데, 그때 아버지를 바라보던 응급실 의사들의 경멸스러운 눈빛을 아직도 잊을 수 없다. 요즘 같았으면 의사들이 당장 경찰에 신고했겠지만 당시엔 가정 폭력은 가정 내의 문제라고 생각하던 시절이었다.

내가 만약 그때 삶을 포기했다면, 자살하자고 마음먹었다면, 환경을 탓하며 나 자신을 놓아 버렸더라면 꿈을 이룬 내 모습은 결코 볼 수 없었을 것이다. 내가 이를 악물고 더 열심히 공부하지 않았다면, 내가 나에게 살 수 있는 기회와 꿈꿀 수 있는 마음을 허락하지 않았다면 지금의 변화된 삶을 살 수 없었을 것이다. 남이 나를 때리고 학대하는 것보다 내가 나를 포기하는 것이 가장 큰 벌이다.

꿈을 꾸고 꿈을 이루는 데 있어 선행해야 할 것은 내 안에 있는 '드림 킬러'를 죽여야 한다. '해서 뭐 하겠어', '이 나이에 그걸 한다고 뭐가 되겠어?' 등등의 부정적인 자아를 내 안에서 쫓아내지 않으면 꿈꿀 기회를 가질 수 없고, 목표도 목적도 없는 삶을 살 수밖에 없다. 남에게 자꾸만 의지하고 싶어 하는 나의 의존적인 자아도 내쫓아야 한다. 자신에 대한 확신과 믿음이 없는 사람은 자꾸만 남에게 의지하려고 하는데, 보통 부정적인 자아와 의존적인 자아는 함께할 때가 많다. 남을 의존하다 일이 뜻대로 풀리지 않으면 남을 탓하고 환경을 탓하게 된다. 자신의 모습은 애써 외면한 채 말이다.

우리가 살아가면서 겪게 되는 진정한 비극은 결국에는 죽음을 맞게 되는 것이 아니라 살아 있는 동안 자기 자신을 죽은 사람처럼 내버려 두는 것에 있다. 우리가 계속해서 내면의 부정적이고 의존적인 목소리를 죽이지 않고 내버려 두면 결국 죽는 것은 나의 꿈이 되고 만다. 내면의 부정주의자를 죽여야 우리는 다시 밖으로 나갈 수 있다.

결혼 전, 8년을 교제했던 남자가 있었다. 고시 공부를 할 때 만났던 남자였는데 내가 고시 공부를 그만두고 다른 일을 해 볼까 할 때면 그는 늘 이런 말을 했다. "뭘 다른 걸 하려고 그래. 그냥 공부나 해. 공부만이 살길이야." 그런 말을 듣는 나는 점점 무기력해져만 갔다. 영어도, 수학도 모든 걸 나보다 잘했던 그는 어려운 영어 단어의 뜻을 모르는 나를 보며 '그런 것도 모르느냐'는 말을 수시로 남발했다. 8년을 만났지만, 그 만남은 깨지는 결과가 당연했다. 사람이 끊임없이 부정적인 이야기를 듣다 보면 정말 그런 모습의 사람이 된다. 자기가 정말 그런 사람인 줄 알고 살아가곤 한다. 그렇기에 꿈을 꾸고 꿈을 이루고 싶다면 자신의 꿈에 대해 부정적인 언사를 일삼는 사람을 제거해야 한다.

"네가 그런 걸 한다고?"

"그냥 하던 거나 해."

"놀고 있네."

"네가 그게 되면 나는 대통령이 되겠다."

당신은 한 번쯤 이런 이야기를 들어봤거나 이런 이야기를 하는 사람을 만나 봤을지도 모른다. 그렇다면 그런 이야기와 그런 사람이 바로 당신과 당신의 꿈을 죽이는 드림 킬러다. 내가 나의 꿈을 죽이고 있다면 그런 목소리를 내는 나의 자아를 죽여야 하고, 자꾸만 나에게 부정적인 메시지를 던지는 사람은 내 인생에서 아웃시켜야 한다. 나의 부정적인 자아보다는 나의 긍정적인 자아가 더 소중하고, 투덜대며 핑계 대는 자아보다는 꿈을 꾸고 싶어 하는 나의 자아를 살리는 것이 더 중요하다. 나의 꿈을 죽이는 사람보다는 내 꿈이 훨씬 더 중요함은 두말할 필요도 없다.

경력단절의 시간이 길어지면 길어질수록 다른 사람으로부터 듣는 부정적인 메시지와 우리 내면으로부터 들려오는 부정적인 목소리가 더 많아질 것이다. 그런 시간이 오래되면 될수록 잘나가는 옆집 여자를 보며 멀미만 하게 되고, 다른 여자들과 만나 잘나가는 동네 여자의 험담이나 일삼는 사람으로 변해 있을 것이다.

남편은 늘 내 꿈을 지지해 준다. "집에서 살림이나 해. 아줌마가 뭘 그런 걸 하겠다고 그래. 애들이나 잘 키워." 이런 말은 절대 하지 않는다. 내가 무언가를 하고자 하면 한번 해 보라고 응원해 준다. 남편이 나를 그만큼 믿고 응원해 줄 수 있는 것은 나 역시도 나 자신을 믿고 나의 꿈을 지지하고 있기 때문이다. 나의 꿈과 일에 확신을 가진 모습을 보여 줬기 때문이다. 남편이 나를 지지하는 건 결코 돈이 많아서가 아니다. 가끔은 돈도 없는데 뭐 그딴 걸 하고 있냐는 말을 할 수도 있을 법한 상황에서도 남편은 나를 지지해 준다. 어쩌면 우리는, "한번 해 봐."라는 나에게 용기를 주는 그 한마디가 필요했던 게 아니었을까?

우리의 꿈은 정원에 있는 꽃처럼 잘 가꿀 수도 있지만 야생의 들꽃처럼 내버려 둘 수도 있다. 우리가 우리의 목소리를 내기 시작하면 지나가는 바람이 듣고 우리를 세상으로 밀어줄 것이다. 마치 민들레 홀씨가 바람에 훅 날아가듯 우리의 꿈도 어디론가 날아갈 것이다. 인생이란 그렇게 뿌려 놓은 민들레 홀씨를 찾아 나서는 일이다.

꿈쟁이 엄마로 자녀의 롤모델이 되라

"공부하기 싫어하는 아이에게 억지로 공부를 시킬 생각은 없어요. 대신 자기가 하고 싶다는 건 하게 해 주고 싶어요. 어렸을 때부터 적성을 빨리 찾아줘야 하는데, 어떻게 찾아주면 될지 그게 제일 고민이에요."

이제 태어난 지 1년밖에 되지 않은 아기의 진로에 대해 벌써 고민하는 엄마를 봤다. 여자들은 엄마가 되자마자 그전에는 마치 꿈이라고는 없었던 사람처럼 돌변하여 오직 아이의 꿈과 적성에만 관심을 두는 삶을 산다. 때때로 엄마들은 아이의 꿈에 집착하곤 한다. 돌잔치에서 무엇을 잡을지가 초미의 관심사고, 무엇이 되고 싶은지,

어떤 일을 하고 싶은지 끊임없이 아이에게 묻는다. 그러다 아이가 하고 싶은 것이 없다고 하면 문제 있는 아이 취급을 하기도 한다. 만약 아이가 처음엔 공부에 관심이 없다가 10대 후반이나 돼서야 드디어 공부에 관심과 흥미가 생겨 왜 진즉에 공부를 시켜 주지 않았냐고 따지면 그땐 어떻게 할 것인가?

지금은 아이의 적성인 것 같아도 곧 변하는 게 적성이다. 적성이라고 하면 잘 와닿지 않아도 그것을 흥미라는 말로 바꾸면 금방 이해가 갈 것이다. 오늘 그렇게 좋아하던 것도 내일이면 싫어질 수 있고, 어제는 별 관심이 없던 것도 막상 오늘이 되니 관심이 생기는 것도 있다. 더군다나 아이들일 땐 뛰어다니고 움직이는 걸 좋아하다가도 어른이 되면 움직이기 귀찮고 소파와 한 몸을 이루는 우리의 모습만 봐도 어렸을 때의 적성이라는 것이 얼마나 소용없는지 알 수 있다.

구직자 중에 급하게 상담 신청을 해 온 사람이 있었다. 다른 구직자가 상담 대기 중이었는데 자신이 더 급하다고 먼저 상담받게 해 달라고 아우성이었다. 자기가 뭘 하면 좋을지 모르겠다는 것이 빨리 상담받기를 원했던 이유였다. 자신의 적성을 모르겠다고, 진로를 찾지 못하겠다고 했다. 마흔이 넘는 나이를 먹는 동안 급할 것 하나 없이 자신의 꿈을 찾기는커녕 일 한번 제대로 해 본 적 없던 그녀가 갑작스레 단 며칠 동안 너무 급해진 것이다. 그녀는 꿈을 세우기 위해 노력하기보다 꿈이 빠진 직업만을 찾고 있었기에 자기에게 맞는 어떤 직업도 찾을 수 없었다.

자신의 내면을 들여다볼 수 있는 고요한 시간을 가질 수 있다면 우리 자신에 대해 더 잘 알 수 있는데 사람들은 그 고요한 시간을 갖기를 두려워한다. 나의 적성과 흥미보다 더 믿을 수 있는 것이 바로 꿈이다. 그래서 나는 검사 도구를 활용하기 전에 꿈을 찾고 재해석하는 프로그램을 먼저 돌린다. 아무런 꿈도 없고, 심지어 자신의 적성이 뭔지도 몰랐던 그녀는 마흔이 넘은 나이에도 불구하고 자신의 직업을 새로 찾았다. 아이들이 그런 그녀를 보며 처음으로 멋있다는 말을 해 줬다고 한다.

한창 글을 쓰고 원고를 작성할 때 큰아이가 나의 모습을 보며 자기도 커서 작가가 되고 싶다고 했다. 일곱 살 때까지만 해도 아들의 꿈은 터닝메카드가 되는 것이었는데 여덟 살이 되더니 작가가 되고 싶단다. 자동차와 로봇이 꿈이었는데 드디어 사람 꿈을 가지게 된 것도 좋은 일이지만, 엄마를 닮아 작가가 되고 싶다는 것을 보며 뿌듯한 마음이 들었다. 엄마처럼 살기 싫다는 말을 안 하는 것만도 인생을 잘 사는 것일 텐데, 엄마처럼 되고 싶다는 말을 하는 아이를 보며 아이에게 최고의 꿈을 심어 주는 사람도 부모고, 좋은 교과서가 되는 것도 부모라는 생각이 들었다.

"엄마, 책이 나온 다음에는 뭐가 되는 거야?"

"강연가도 되고, 텔레비전에도 나오게 되고, 많은 사람에게 동기부여를 해 줄 수 있는 사람도 되는 거지."

"사람들한테 사인도 해 주고 사진도 같이 찍어 주는 거야?"

"물론이지."

"그렇구나. 나도 그럼 꼭 작가가 될 거야."

"그래, 엄마가 많이 도와줄게."

먼 훗날 아이가 더 이상 작가의 꿈을 꾸지 않아도 좋다. 작가가 꿈이었던 시절을 기억하지 못해도 좋다. 무슨 꿈을 꾸는지가 중요한 게 아니라 자신만의 꿈을 가진 것이 중요하니까. 우리의 꿈은 변하기 마련이고, 더 생기게 마련이니까. 항상 꿈을 꾸고 꿈을 가진 사람, 꿈을 이루는 사람으로 아이들에게 좋은 롤모델이 되어 주고 싶었는데, 이미 롤모델이 된 자체가 기쁨이다.

아이들이 직업을 결정하는 데 있어 부모의 직업이 많은 영향을 미친다고 한다. 아버지가 일하는 회사에 가 본 적이 있는지, 아버지가 일하는 모습을 본 적이 있는지가 중요하다고 한다. 예전에는 아버지만 일하는 경우가 많아서 아버지의 일이 아이들에게 절대적인 영향을 주었다면 이제는 일하는 엄마들도 많아졌기 때문에 엄마의 직업 역시 아이들에게 영향을 줄 수 있다.

시대가 많이 변했어도 여전히 아내와 엄마의 인생은 희생되는 부분이 많다. 심리학에서는 모성애도 학습되는 것으로 본다. 그래야만 인류가 계속 이어질 수 있고 생존할 수 있기 때문에 그렇게 학습의 과정을 거쳐 모성애가 살아남게 된 것이다. 아이들이 커서 부모를 부담스러워하게 됐을 때 하릴없이 자식의 전화만 기다린다든지, 하루에도 몇 통씩 아이들에게 문자를 보내는 것으로 우리의 인생을 마감하지 않으려면 지금부터 꿈꾸는 연습을 해야 한다. 어떤 것이든 연습을 통해서 익숙해지는 것처럼 꿈도 꿔 본 사람이 계속해서 꾸게 되는 거니까.

자기는 꿈이 없다고 말하면서 딸만큼은 자기와 다르게 기자도 됐으면 좋겠고 외국에 나가서 일했으면 좋겠다고 말하는 여성이 있었다. 자기는 쉽게 영어 공부를 그만두면서 딸에겐 영어를 시키고, 자기는 남편이 벌어 오는 돈으로 살림만 하는 게 좋다면서 딸은 그렇게 사는 것을 원하지 않았다. 본인의 엄마도 그렇게 말하는 본인이 지금 모습처럼 살기를 원하지 않았을지도 모른다. 그녀의 엄마도 그녀를 보면서 그녀가 자기 딸을 보며 꾸는 꿈과 똑같은 꿈을 꾸었을 것이다. 내가 나의 꿈을 따라 노력하고 무언가를 성취하는 모습을 보여 준 적이 없는데 그 딸은 도대체 어디에서 누구에게 그런 모습을 보며 자랄 수 있을까.

　나는 앞으로 더 많은 꿈을 꾸게 될 것이다. 그중에는 가족과 함께 꾸는 꿈도 있을 것이고 나만의 꿈도 있을 것이다. 분명한 건, 더 많은 꿈들을 자녀와 함께 공유할 수 있다는 것이다. 가끔 강연을 준비하면서 아이들을 앉혀 놓고 연습한다. 아이는 관객이 되어 엄마의 강연하는 모습을 지켜보면서 내가 묻는 말에 대답도 하며 내 모습에 대해 평가도 해 준다. 앞으로 유명한 강연가가 되겠다는 엄마의 꿈을 듣고 아이는 강연가라는 직업을 새롭게 알게 됐다. 언젠가는 아이가 엄마처럼 강연가가 되겠다고 하는 날도 오지 않을까 싶다.

　꿈도 대물림이 되지만, 꿈이 없음도 역시나 대물림된다. 내가 나만의 꿈과 삶을 개척하는 모습을 보여 준다면 나의 자녀 역시 내 뒷모습을 따라 걸어올 것이다. 먼 훗날에 또 다른 누군가가 내 자녀의 뒷모습을 따라 걸을 것이다. 그러니 우리는 최선을 다해 행복한 뒷모습을 보여 주어야 한다. 그것이 나의 자녀에게로, 나의 손자에게로 이어질 수 있도록 하기 위해서는 말이다.

꿈을 이루기에 늦은 나이란 없다

영국의 인기 오디션 프로그램인 〈브리튼즈 갓 탤런트〉에서 47세의 촌스럽고 뚱뚱한 수잔 보일이 무대에 등장했을 때, 심사위원들의 시큰둥한 표정과 관중들이 비웃는 장면이 카메라에 포착됐다. 하지만 그녀는 곧 뮤지컬 〈레 미제라블〉의 삽입곡인 'I Dreamed A Dream'을 열창하고 일약 스타덤에 오르게 됐고, 평생의 꿈을 이룬 후 왕성한 활동을 하게 됐다.

29세에 단돈 6달러만 가지고 폴란드에서 미국으로 건너가 40대 초반에 상당한 부를 축적하고 70세 후반에 은퇴한 해리 리버먼은 뉴욕의 한 노인 클럽에서 체스를 낙으로 삼아 시간을 보내고 있었다.

81세가 되던 해에 매일 체스 상대가 돼 줬던 친구가 몸이 불편해 나오지 못해 무료한 시간을 보내던 중, 봉사활동을 나온 한 청년이 "왜 그렇게 놀고만 계십니까? 그림이라도 그려 보시죠?"라고 한 말에 붓을 잡기 시작했다. 그렇게 그는 81세에 그림을 그리기 시작해 101세에 22번째 전시회를 열었고, 103세로 죽을 때는 '미국의 샤갈'이라고 칭송받았다. 101세에 전시회를 연 그는 계속 그림을 그리겠느냐는 기자의 질문에 다음과 같이 말했다.

"당연히 그려야죠. 저는 제 나이를 101세라고 말하고 싶지 않습니다. 다만 101년을 살아온 만큼 누구보다 성숙하다고 할 수 있겠죠. 저는 예순, 일흔, 여든 혹은 아흔 살 먹은 분들에게 말씀드리고 싶습니다. 아직 인생의 말년은 아니라고 말입니다. 몇 년이나 더 살 수 있을지 생각하지 말고 어떤 일을 더 할 수 있을지 생각하라고 말입니다."

이처럼 늦은 나이에 자신의 꿈을 이룬 사람을 '레이트 블루머(Late Bloomer)'라고 한다. 자신의 가능성을 스스로 닫지 않고 열어 둔다면 누구나 언제든지 예쁜 꽃을 피울 수 있다. 무언가를 시도한다고 해서 모든 것을 다 이룰 수는 없지만 아무것도 하지 않았을 때보다는 뭐라도 이루게 될 확률이 높아지는 건 당연하다. 그 나이에 무대에 오르는 것을 창피하게 여겼다면 오늘날의 수잔 보일은 없었을 것이고, 청년의 말에 버릇없는 놈이라며 콧방귀나 뀌었다면 80세가 넘은 신인 화가는 결코 탄생하지 않았을 것이다. 배는 정박해 있을 때가 가장 안전하지만 파도에 맞서 출항하지 않는다면 어떤 고기도 낚아 올릴 수 없다. 미국의 시인 존 그린리프 휘티어는 "말이나 글로 표현할 수 있는 모든 말 가운데 가장 슬픈 말은 '그렇게 될 수 있었는데'이다."라고 말했다. 시작하지 않으면 이런 말을 남기며 인생을 마감할 수밖에 없다.

나는 가끔 누군가가 내 나이를 묻거나 거울 속에 웬 늙은 여자가 떡하니 버티고 있는 것을 본 날만 아니라면 내 나이를 거의 잊고 산다. 어떤 땐 실제로는 나보다 어린 여자를 더 나이 많은 사람으로 착각하기도 하고, 아직 청춘의 때를 살고 있다고 착각하기도 한다. 다들 나이 든 척을 하지만, 아무리 노인이 돼도 자기 안에 여전히 젊은 내가 살고 있다는 것을 알고 있다. 하지만 누군가는 젊은 나를 인정하면서 살고, 누군가는 외면하면서 산다.

만약에 내가 끊임없이 나이를 생각하면서 살아왔다면 나보다 어린 사람 앞에서 겸손할 줄도 몰랐을 것이며 결코 오늘의 삶을 배울 수도 없었을 것이다. 어린 사람의 성공을 나의 성공으로 연결시킬 수도 없었을 것이다. 심리학이란 공부도 시작할 수 없었을 것이며, 다시 꿈도 꾸지 못했을 것이고, 나의 책은 세상에 나오지도 못했을 것이다.

　나는 끊임없이 앞으로 걸어가야 했다. 제자리걸음이라도 걸어야 했다. 그렇게 나는 내가 살아 있음을 확인하고 또 확인했다. 걷고 또 걸으면서 어둠 속에서 걸어 나가야 했으며, 폭력으로부터 탈출해야 했으며, 쫓아오는 죽음으로부터 도망가야 했다. 어쩌면 계속해서 걷다 보면 새로운 길이 보일 거라는 일념 하나가 나를 일으켜 세웠을지도 모르겠다. 걷기 위해서는 어떻게 해서라도 일어나야만 하고, 걷다 보면 어느새 발이 빨라져 뛸 수 있게 되는 날도 올 것이기에 계속 걸어 나갔다. 그랬더니 언젠가는 다른 사람들보다 저만치 앞서가 있을 때도 있었고, 내 불행으로부터 멀찌감치 떨어져 있을 때도 있었다.

　다시 불행이 쫓아오면 더 빨리 더 멀리 뛰어갔다. 인생이라는 길에는 평탄한 길도 있고 곧은길도 있지만 때로는 굴곡진 길도 있다. 굴곡진 길을 만날 때면 다시 평탄하고 곧은길이 나올 거라는 기대를 하기 힘들어 사람들은 이내 절망하고 체념하기도 한다. 이것이 끝이라고 생각하지만 미래는 저 멀리 한참 떨어진 곳에서 우리를 기다리고 있을 때가 많다. 칠팔십 세의 노인들도 자신의 인생이 아직은 죽음과 가까이 있지 않다고 생각하여 도전한다. 그보다도 훨씬 어린 사람들이 자기 인생의 길모퉁이 뒤에 바로 죽음이 있을 거라고 여기며 인생을 거의 끝낸 사람처럼 지내는 것은 자신에게 너무나 가혹한 짓이다.

프랑스 철학자 사르트르는 "인생은 B와 D 사이의 C이다."라고 말했다. 인생은 탄생(Birth)과 죽음(Death) 사이의 선택(Choice)이라는 뜻이다. 인생은 선택의 연속이고, 그러한 선택이 한 인간의 삶을 좌우한다. 우리는 살아 있는 한 끊임없이 선택의 순간을 경험하게 된다. 실패도 선택이다. 늘 실패하는 사람은 실패를 선택하는 사람이다. 사람들은 아무것도 할 수 없는 상황에서 어쩔 수 없이 실패한다고 생각하지만, 아마도 무수히 많은 선택지 앞에서 실패라는 선택지를 선택했을 것이다.

실패하는 사람들은 대부분 하룻밤의 성공을 믿는 경우가 많다. 한 번의 성공을 믿고선 다 됐다고 믿으며 안주를 결심한다. 수입이 늘어나고 삶이 잘 풀릴 때 사람들은 안주하고 싶어진다. 정상을 향해 커 가면서 전보다 더 열심히 해야 하고 다른 정상을 찾아야 하는데 거기서 멈추고 만다. 그런 다음 다시 찾아오는 하락곡선을 견디지 못한다. 심지어 노력도 해 보지 않고, 앞으로 걸어 나가 봐야겠다는 결정을 해 본 적 없는 사람들은 늘 주저앉는 선택만 하게 된다. 주저앉는 선택 역시도 실패의 선택지와 별반 다르지 않다. 아니 어쩌면 실패보다 더 비참한 결과를 가져다주기도 한다.

왜 우리는 늘 꿈 앞에서 나이 이야기를 할까? 어쩌면 그것을 이룰 수 없을 것 같은 걱정과 근심을 나이 뒤로 숨기는 것일지도 모르겠다. 이런 사람들은 보통 자존감이 낮은 사람인 경우가 많다. 실은 나이가 문제가 아니라 자존감이 낮아서 쉽게 도전하지 못하는 것이다. 나이를 거꾸로 돌릴 수는 없지만 무너진 자존감은 얼마든지 다시 세울 수 있다. 아이러니하게도 자존감을 다시 살리려면 도전을 해야 한다. 그래서 어떤 성취감을 맛봐야 한다. 열 번의 도전을 해서 단 한 번의 성취감을 맛볼 수 있다면 태어날 때 신이 준 자존감을 다시 돌려받을 수 있으며, 실패의 경험을 하게 되더라도 의연히 다시 걸어 나갈 수 있게 된다.

이제 꿈을 나이 뒤로 숨기지 말자. 우리는 우리 뒤에 있는 것을 볼 수가 없다. 나이 핑계를 대면서 차일피일 미루기에는 나의 꿈이라는 것이 너무나 아름답고 눈부시다. 인생에서 무언가를 이루어야 하는 나이가 정해져 있지 않듯이, 무언가를 이루지 못할 나이 역시 정해져 있지 않다. 우리는 꿈 많던 어린 시절로 다시 돌아갈 수 있다. 내 안의 청년을 다시 만날 수 있다. 우리는 우리 자신을 잊지 말아야 한다. 우리 인생의 클라이맥스는 아직 오지 않았을지 모른다.

미래의 나는 지금의 꿈이 결정한다

내가 어렸을 때는 '공상 과학'이라는 말이 유행했다. 그런 유의 어린
이 영화도 많았고, 지금도 여전히 인기 있는 SF 영화의 시리즈가 한
창 등장하기 시작하던 시기였다. 즐겨 보던 외화 중에 〈전격 Z작전〉
이라는 드라마가 있었다. 그 드라마에 나오는 키트라는 자동차는 주
인공이 '가자, 키트'라고 말하면 저절로 움직였고, 말까지 할 수 있던
상상 속 꿈의 자동차였다. 그 키트처럼 이제 자율주행차량의 등장이
현실로 다가왔다.

초등학교 미술 시간에 미래에는 사람들이 어떤 모습으로 살게 될
지에 관한 공상 과학 그림을 그린 적이 있다. 어렸을 때 나는 공상

을 좋아하던 아이였는데, 그것을 그림으로 옮겨 놓을 때만큼 신이 났던 적이 없다. 주로 하늘을 나는 자동차 혹은 로봇의 상용화, 서로 얼굴을 보면서 통화하는 사람들의 모습 등을 그리곤 했다.

놀랍게도 두 발로 걷는 로봇을 넘어 생활의 많은 부분을 로봇들이 채워 주고 있고, 이제 AI의 시대까지 도래하게 됐다. 하늘을 나는 자동차 역시 만들 수 있는 기술은 다 갖추었다고 한다. 영화 〈백 투 더 퓨처〉에 나왔던 드론은 이미 상용화된 지 오래다. 개인이 휴대전화를 가지고 다닐 거라고 얘기하면 사람들이 코웃음을 쳤던 시절이 있었지만, 이제 휴대전화는 그냥 생활의 필수품이 되어 더 이상 신기한 물건이 아니다. 서로 얼굴을 보며 통화하게 된 것도 이미 오래 전에 이루어졌다.

인류는 거의 불가능에 가까운 꿈을 꾸며 이런 것들을 하나씩 실현해 왔고, 앞으로도 더 많은 것을 실현해 나갈 것이다. 사람은 무언가를 상상하면 그것이 아무리 헛돼 보이고 이룰 수 없는 것처럼 보여도 실제도 그렇게 되고자 하는 쪽으로 노력하게 된다. 그런 특성들 때문에 인류가 진보하게 됐다. 그래서 상상의 힘을 강조하고 그것이 지닌 엄청난 힘에 대해 역설하는 책들이 넘쳐나는 것이다.

나는 글을 쓰기 시작하면서 책을 낸 후의 작가의 모습을 끊임없이 상상했고, 저자 강연회를 하는 모습을 상상했다. 독자들에게 사인해 주고 함께 사진을 찍어 주는 모습 등을 상상했다. 어떤 이는 나의 이런 상상 이야기를 들으면서 속으로 비웃었을지도 모른다. 하지만 나는 지금 책을 펴냈고, 사인을 하고 있으며, 강연가로서의 모습을 갖추어 나가고 있다. 우리가 우리의 모습을 상상한다는 것의 진정한 의미는 미래의 모습을 그려 보면서 그것을 실현할 수 있는 방법을 구체적으로 모색해 본다는 데 있다.

　나는 그저 상상만 하지는 않았다. 글을 쓰면서 작가를 꿈꿨고, 글을 쓸 수 있는 적절한 플랫폼을 찾아 그곳에 글을 쓰기 시작했고, 책을 내는 방법에는 어떤 것이 있는지 구체적으로 알아보기 시작했다. 나는 지금도 내 미래의 모습을 끊임없이 상상한다. 상상이야말로 신이 인간에게 준 가장 큰 자유이고 선물이다. 상상 속에서 나는 앞으로 라디오와 텔레비전에도 출연하고 큰 무대에서 강연도 한다. 지금은 비록 상상 속 꿈에 불과하지만, 앞으로 그렇게 되기 위해 여러 가지 방법을 찾아낼 것이다.

　상상하는 것에는 어떠한 제약도 없다. 우리의 상상에 제약이 없다면 앞으로의 모습에도 제약이 없을 것이다. 하버드대학교 심리학과 교수인 대니얼 길버트는 자신의 행복 진열장에 이것저것 잘 전시해 보는 것이 중요하다고 말한다. 그 진열장에 예쁘고 소중한 것들을 진열해 놓고 바라보는 것이 중요하다고 말한다. 즉, 행복한 사람은 자신이 이루고 싶은 꿈의 목록을 자신의 내면에 잘 정리해 놓고, 그 꿈을 향해 한 걸음씩 나아가도록 자기 자신을 조절하는 자기 조절감을 가진 사람이라고 한다. 나는 가능한 상황에서만 꿈을 꾸는 것이 아니라 불가능해 보이는 상황에서도 꿈을 꾸고 매 순간 상상한다. 사람에게 가장 중요한 것은 꿈 자체가 아니라 꿈을 꿀 수 있는 능력이다. 우리 안에 그런 능력이 있는 한 우리는 자신을 세상 속으로 끌어낼 수 있다.

세상은 급변하고 있고, 이전 시대에는 전혀 불가능한 것으로 여겨졌던 일들이 이루어지게 된 것은 우리가 미래의 모습을 그리고 있었기 때문이다. 미래에는 어떤 모습이 될 거라고 머릿속으로 상상했기 때문이다. 그런데 사람들은 세상이 어떻게 변할 것이라는 상상은 많이 하면서도 정작 자신이 어떤 모습이 됐으면 좋겠다는 상상은 별로 하지 않는다. 자기 자신에게는 관대하지 못하여 '내가 어떻게 그런 모습이 될 수 있겠어'라는 생각으로 이미 성공한 사람들의 모습에 나의 모습을 대입하는 것은 감히 꿈도 꾸지 못하는 사람이 많다. 인류는 단 몇 사람의 상상과 노력으로 이렇게 눈부신 발전을 이루었는데, 왜 우리는 우리 자신의 미래를 상상하지 않는가. 왜 우리 자신은 상상 속 모습으로 변할 수 없다고 단정 지어 버리는가.

나는 구직자를 대상으로 집단 상담을 할 때 꿈의 로드맵을 그리게 한다. 1년, 3년, 5년, 10년의 시간 단위로 쪼개어 그때마다 자신이 이뤄 나갈 꿈을 쓰라고 한다. 그렇게 쓴 다음 자신의 모습을 그림으로 그리게 한다. 처음에는 당황하며 난색을 표하던 구직자들도 막상 꿈을 하나씩 적다 보면 마침내 로드맵을 다 완성하게 된다. 지금껏 단 한 번도 그것을 완성하지 못한 사람을 본 적이 없다.

5년 전과 지금의 모습이 하나도 변하지 않았다면 꿈을 꾸기는커녕 자신을 위해 그 어떤 일도 하지 않았다는 증거다. 지금 이대로 살아도 굶어 죽지는 않으니까 더 이상 꿈도 없고 도전을 하지 않게 되는 것이다. 시인 겸 평론가인 오스카 와일드는 "한결같음은 상상력이 없는 이들의 마지막 도피처다."라고 말했다. 한결같다는 것은 무기력의 또 다른 말이다. 무기력은 전염성이 강하다. 우리나라의 자살자 수는 전쟁에서 사망하는 사람의 수를 넘어섰다고 한다. '삼포세대', '88만원 세대' 등등의 표현에서 볼 수 있듯이 우리나라에는 이미 무기력함이 전염병처럼 곳곳에 퍼져 버렸다.

당신은 지금 '내가 꿈꾸던 삶은 이런 것이 아니었다. 내 삶에 의미 있는 것은 하나도 없다. 나는 언제 이렇게 늙어 버린 것일까.'라는 생각을 하고 있을지도 모른다. 나는 가끔 영혼은 잠든 채로 돌아다니는 사람들을 보곤 한다. 자신의 영혼이 잠들었다는 것을 다른 사람들은 모두 아는데 정작 자기 자신만 모른 채 말이다. 우리는 쉽게 상처받고 휘어졌던 우리의 잠든 영혼에게 이제는 1년 후, 5년 후, 10년 후를 그릴 수 있는 꿈을 돌려주어야 한다.

아무리 좋은 일도 그 과정에서 괴로운 일은 닥칠 수 있기 때문에 그것을 이룬 후의 내 모습을 상상하지 않는다면 지금의 고통을 견디기가 어렵다. 사람들이 지금 당장의 시련을 쉽게 극복하지 못하는 이유는 힘겨움의 끝을 상상하지 않기 때문이다. 세상에는 영원한 즐거움도 없지만 영원한 슬픔과 시련도 없다. 마침내 시련이 끝난 후의 나의 멋진 모습, 행복한 모습을 지속적으로 상상하는 것은 어둠의 터널을 무사히 통과할 수 있는 힘이 되어 준다.

앉아 있을 때는 다시 일어났을 때를, 일어났을 때는 다시 달려 나갈 때를, 달려 나간 후에는 멋진 모습으로 정상에 서 있는 나의 모습을 상상한다면 지금 목표를 정하는 것도, 목표를 실행해 나가는 것도 좀 더 의욕적으로 할 수 있다. 지금의 내 모습이 다가 아니라는 희망을 갖게 될 것이다. 상상 속 미래가 미래에만 있는 것이 아니라 현재에도 존재하고 있음을 자신에게 알리고, 꿈은 이루어질 수 없는 것이 아니라는 걸 잠든 영혼에게 일러주어야 한다. 우리는 죽기 전에는 결코 죽은 사람으로 살아서는 안 된다.

Part 4

재취업 성공 7가지 전략

현재 나의 상태를 재점검하라

한 해 강연료만 수억 원이라는 미국의 자기계발 전문가이자 컨설턴트로 유명한 브라이언 트레이시는 말했다.

"자동차는 부드럽게 달릴수록 연료를 덜 소비하고, 바퀴가 잘 정렬되어 있을수록 더 멀리 갈 수 있다. 사람도 마찬가지로 생각, 느낌, 감정, 목표 그리고 가치가 잘 정렬되어 있을수록 높은 성과를 낼 수 있다."

무언가를 다시 시작하기 위해서는 자신의 상태를 점검해서 달릴 준비를 해야 한다. 그냥 일이 하고 싶어서 해도 상관은 없다. 돈을 벌기 위해 출근부터 해도 상관은 없다. 그것도 자신의 꿈이고, 현재 자신의 소망이라면 그것마저도 옳다. 하지만 나의 생각, 느낌, 감정을 제대로 돌아보지 않고 출발하면 조만간 지치고 말 것이다. 내면의 소리를 듣지 않은 상태에서 어떤 현실의 필요 때문에 당장 움직이기부터 하다 보면 곧 무기력이 찾아올 것이다. 이게 아닌데 하고 말이다. 자신의 내면 상태를 먼저 확인하고 재점검한 후에 진정으로 원하는 것인지 묻고 또 물어야 곧 닥치게 될 공허함과 번아웃 증후군을 막아 낼 수 있다. 그런 다음에 우리는 그에 맞는 목표를 세워야 한다. 그래야 그것을 실천하는 과정이 기쁘고 그 후에 오는 결과를 더 기쁜 마음으로 맞이할 수 있다.

나는 일을 다시 시작했을 때 그저 일을 '다시'하는 것과 집에서 해방되는 것에만 중점을 뒀다. 그래서 100만 원만 받고 일하는 그 자체도 감사하게 생각했다. 내가 따 놓은 자격증을 써먹을 수 있게 된 것만도 다행이라고 여겼다. 하지만 내가 일하던 일터의 환경은 내가 원하던 환경이 전혀 아니었다. 그래서 나는 애초에 경력을 쌓을 수 있는 딱 거기까지만 버티자고 다짐했다. 그래서인지 동료들에게 마음을 줄 수 없었고, 그러다 보니 직장 생활이 별로 즐겁지 않았다. 사실, 여러 곳에서 나의 커리어를 쌓았지만 매번 하나도 즐겁지가 않았다.

내 일을 즐기는 것이 아니라 버티는 것에 머물러 있었기 때문에 때로는 돈만 버는 기계에 불과했다. 대부분의 사람들이 일에 있어 목적과 수단을 적절히 배분하지 못하고, 내가 좋아하는 일을 하는 것이 거의 불가능한 구조 속에서 살아간다. 내가 일을 끌고 가는 것이 아니라 일이 나를 끌고 가는 상황에 처하게 되는 것이다.

글을 쓰게 되면서는 이 일이 나의 천직이라는 생각과 확신이 들었다. 나는 누군가와 협업해서 하는 일에는 별로 소질이 없었다. 목표의식이 강해 달성해야 할 실적이 눈에 들어오면 그 실적 하나만 보며 달리곤 했지만, 때로는 옆에 있는 동료들의 질투에 지쳐 갔다. 그리고 조직 생활이 나와는 별로 맞지 않는다고 느꼈다. 맞춰 줘야 할 상황과 사람들이 너무 많았고 나는 그런 것에 상당한 스트레스를 느낀다는 걸 알게 됐다. 만약 고시에 합격해서 공무원 조직에서 일했더라면 어쩔 뻔했을까 싶은 생각이 들 정도였다.

반면에 글을 쓰는 일은 나 혼자서 할 수 있는 일이고 다른 사람의 눈치를 볼 필요도 없다. 글을 쓰면 쓸수록 글을 쓰는 것이 좋고, 창작의 고통마저도 내게는 아름다웠다. 이것이 신이 나를 위해 마련해 놓은 일이라는 확신이 들 정도였다. 그래서 나는 드디어 내가 정확히 어떤 것을 원하는지를 늦은 나이에 알게 됐다.

나는 작가가 되기로 마음먹고 한 달 동안은 매일매일 글을 썼다. 한 달 정도는 미친 듯이 열심히 해 봐야 한다고 생각했다. 그러고 나서 책을 내기로 결심하고 책을 낸 후에 달라질 나의 모습을 종이에 적기 시작했다. 또한 언제까지 초고를 쓸 것인지, 언제까지 탈고에 들어갈 것인지에 대한 계획도 세우기 시작했다. 나의 모든 시간과 에너지를 오직 책을 출간하는 데에만 쏟아부었다. 심리학 공부도 하고 있었지만 책을 내고자 마음먹은 후에는 자연스레 뒷전으로 밀리게 되었다.

거기서 멈추지 않고 내가 할 수 있는 모든 것을 했다. 블로그를 재정비했고, 강연을 준비했고, 카페를 준비하는 등 기성 작가의 마인드로 관련된 것들을 준비해 나가기 시작했다. 그리고 그 과정에서 지치지 않기 위해 매일 감사 일기를 썼다. 이러한 일련의 과정들을 해 나가기 전에는 전혀 알지 못했으나 지나고 보니 많은 성공자들이 이런 식으로 성공했다는 걸 알게 됐다.

목표를 설정하기 전에 우리는 자신의 주력 분야를 찾아야 한다. 앞서 말한 것처럼 자신의 내면을 점검해 보지 않으면 제대로 찾기 힘들고, 많은 경험을 해 보지 않은 상태에서는 더더욱 힘들 수도 있다. 나에게 맞는 분야를 찾으려면 나와 대화도 많이 해야 하지만, 우선 많은 경험을 해 봐야 한다. 일찍이 청년 시절에 나와 맞는 일이 어떤 건지 발견한다면 좋겠지만, 발견하지 못했다고 해서 절망할 필요는 없다. 지금부터 찾아내면 된다.

나는 사회복지기관에서 일하기 전에는 사회복지에 관심도 많고 그곳에서 일하는 것을 무척 원했지만 막상 그곳에서 일해 본 후에야 그것이 나와는 전혀 맞지 않는 일임을 알게 됐다. 나는 몸이 약해서 무거운 것을 들거나 육체적인 노동을 싫어하는데 사회복지기관에서 일하면 그런 일들이 비일비재하기 때문이다. 늘 물품을 옮기고 나르고 청소해야 하는 일이 많다. 내가 제일 싫어하는 일이 도처에 깔려 있는 곳이었다. 이런 경험을 하지 못했더라면 맞지 않는 일이 뭔지도 몰랐을 테고 나의 진짜 주력 분야를 찾지도 못했을 것이다.

주력 분야를 쉽게 찾아내기 힘들다면 진짜 하기 싫은 일을 찾는 것도 도움이 된다. 나처럼 힘쓰는 것을 정말 싫어하는 사람이 있는가 하면, 한자리에 가만히 앉아 있는 것을 못 견디는 사람도 있다. 자신의 주력 분야를 찾기 힘든 사람은 자신이 진짜 하기 싫은 일부터 삭제해 나가는 것도 도움이 된다. 좋은 일도 시간이 지나면 하기 싫은 일이 될 수 있는데 굳이 싫은 일에 도전할 만큼 우리에게 시간이 많지는 않다. 제거된 항목 외의 것들부터 경험을 시작해도 충분하다.

그런 다음 나의 현 상황을 인식해야 한다. 내가 나의 배움에 가용할 수 있는 자원은 얼마나 되는지, 나의 지식 자산은 어느 정도의 수준인지, 그렇다면 가용 가능한 자원으로 나의 지식 자산을 어느 정도까지 늘릴 수 있는지, 나의 인간관계와 인맥은 어느 정도인지를 평가해 봐야 한다. 나의 주력 분야와 가용 자원을 평가하고 재점검한 후 일터로 나갈지 배움터로 나갈지를 정하면 된다.

나는 내가 생각했던 것보다 많은 것을 가진 사람일 수도 있고 그렇지 못한 사람일 수도 있다. 분명한 건 내가 가진 지식과 경험, 노하우를 재점검해서 부족한 부분을 채워 나간다면 결코 지금보다 못난 사람이 되지는 않는다는 것이다. 당신의 가능성을 믿고 나아갈 의지와 용기만 있다면 말이다.

2
자격증도 전략적으로 취득하라

요즘은 자격증이 범람하는 시대다. 자격증을 수십 개씩 딴 사람도 봤다. 어디서 그렇게 자격증이 많이 만들어지는지 신기하기만 하다. 청년들도 하나의 자격증이라도 더 따기 위해 전쟁을 벌인다. 그런데 그중에서 진짜로 써먹을 만한 자격증, 진짜로 나의 직무에 도움이 될 만한 자격증이 과연 몇 개나 있을지 궁금하다.

예전에 대학에서 함께 일했던 동료의 여동생은 자격증이 무려 30개나 됐다. 어떻게 그 많은 자격증을 딸 수 있는지 신기하고 대단해 보였다. 하지만 그녀는 졸업한 후 1년이 지나도록 취업이 되지 않았다. 좋은 대학을 나오고 자격증도 많은데 왜 취업을 못 하는지 의아

했는데, 쓸데없는 자격증만 30개를 땄다는 걸 알게 됐다.

나는 직업상담사 자격증을 취득하고 나서, 내가 가진 자격증과 좀 더 시너지를 낼 수 있지 않을까 하여 사회복지사 자격증을 취득하게 됐다. 당시에는 온라인 학점은행제를 통해 사회복지사 및 보육교사 자격증을 취득하던 주부들이 많았다. 특히 보육교사는 쉬고 있는 주부들이 거의 다 취득할 정도의 자격증이었다. 보육교사 자격증 정도는 학점은행제로 취득해도 취득한 후에 쉽게 어린이집에서 일할 수 있다. 하지만 사회복지사 자격증은 절대 아니다.

사회복지사 2급 자격증은 학점만 취득하면 그냥 주어지는 것이라서 돈과 시간만 투자하면 된다. 나는 학점을 모두 이수하자마자 1급 시험을 치렀고, 바로 사회복지사 1급 자격증을 취득했다. 하지만 결과적으로 이건 돈과 시간을 쓸데없이 갖다 버린 꼴이었다. 100시간이 훨씬 넘는 실습시간까지 생각하면 돈과 시간에 더해 체력까지 버리고 아무것도 얻지 못한 쓸모없는 일이 됐다. 사회복지사 1급 자격증은 서브 자격증의 역할도 전혀 하지 못한 채, 그냥 이력서의 한 줄 정도의 자리만 겨우 채워 넣었을 뿐이었다. 한 과목당 최소 7만 원에서 많게는 15만 원까지 하던 학점은행제 비용뿐만 아니라, 돈을 내고 매일 몇 시간씩 한 달 내내 실습했던 노력과 시간만 어처구니없이 낭비하고 말았다.

가끔 구직자들이 '학점은행제로 사회복지사 자격증을 딸까요, 아니면 방통대라도 가야 하는 걸까요, 아니면 대학원에 가야 할까요?'라고 묻는다. 당연히 대학원에 가는 것이 가장 좋다고 이야기해 준다. 우리나라에 사회복지사는 차고 넘친다. 전문대, 4년제 대학 졸업생을 비롯해 대학원 수료생들까지 취업하면, 학점은행제로 사회복지사 자격증을 딴 사람에게까지 기회가 오지 않는다. 어리고 팔팔한 20대도 차고 넘치는데, 나이도 많은 데다 학점은행제로 사회복지사 자격증을 취득한 사람을 어느 기관에서 채용할 거라고 기대할 수 있겠는가. 만약 친한 사람이 기관을 운영하고 있어서 사회복지사 자격증만 취득하면 취업시켜 주겠다고 약속한 경우라면 얼른 따야 하지만 말이다.

한때 한국어교사 자격증이 유행하던 때가 있었다. 유명 평생교육원 등에서 취득하려면 140만 원이 훌쩍 넘는 돈이 든다. 사람들은 이 자격증을 취득하면 외국인에게 한국어를 가르칠 수 있을 거라고 기대했다. 하지만 실제 취업 시장에서 이 자격증만으로 취업을 희망한 사람은 거의 취업하지 못하는 상황에 이르렀다. 할 수 있는 외국어가 단 하나도 없는 상태에서 이 자격증만을 취득했기 때문이었다. 외국인에게 한국어를 가르치는 사람이 왜 외국어를 할 줄 알아야 하냐고 묻는 사람도 있다. 외국인이 한국어를 전혀 할 줄 몰라서 강사의 말을 알아들을 수 없을 때는 도대체 어느 나라말로 그들에게 설명해 줄 것인가? 이 자격증을 가지고 외국에 가서 그곳 사람들에게 한국어를 가르치더라도 현지어를 할 수 있어야 취직이 된다. 이런 점을 전혀 알지 못했던 친한 동생도 그냥 한국어교사 자격증을 취득하느라 돈만 버린 채 지금은 다른 공부를 하고 있다. 그 자격증을 써먹기 위해 지금이라도 외국어를 공부하고 있으려나?

내게 필요한 자격증인지, 이 자격증을 따면 향후 취업에 진정 도움이 될지, 주된 자격증으로 사용할 것인지, 서브용 자격증으로 사용할 것인지, 이것으로 돈을 벌 수 있을지 구체적으로 계획을 세우고 따져 본 후에 도전해야 돈과 시간과 노력의 낭비를 막을 수 있다. 무조건 그런 자격증을 주는 기관이나 포털 사이트 지식인을 믿고 의지하는 것은 금물이다.

민간에서 발급하는 자격증의 경우에도 전략 없이 무턱대고 따는 사람들이 많다. 내가 아는 어떤 주부는 미술치료에 관심이 있다면서 민간에서 주는 미술치료사 자격증을 땄다. 미술치료사 정도의 일을 하려면 해당 분야의 석사를 넘어 박사까지는 돼야 내담자뿐만 아니라 자기 자신에게도 떳떳하게 일할 수 있다. 이런 심리치료는 한 사람의 전인격을 마주해야 하는 정말 중요한 일이다. 어느 민간기관에서 돈을 벌기 위해 만들어 놓은 과정을 이수하고 받은 자격증으로 누군가를 치료하겠다는 것은 해당 분야에서 공부를 정말 많이 한 사람들에 대한 예의도 아니다. 이와 더불어 민간에서 발급하는 심리상담사 자격증이 있는데, 이런 자격증들 역시 심리학계에서나 그와 관련한 분야에서는 전혀 거들떠보지도 않는 자격증이다. 거들떠보지도 않는다는 건 따 놓아도 취업할 수 있는 곳이 전혀 없다는 뜻이다.

경력단절의 험한 골짜기를 지나고 있는 주부들은 지금 당장 쉽게 딸 수 있는 자격증에 눈을 돌릴 수밖에 없다. 누군가가 이런 자격증을 따면 쉽게 취업할 수 있을 거라고 속삭였을지도 모른다. 하지만 막상 취업도 안 되고 돈도 안 되는 자격증이라는 것을 알았을 때의 배신감은 어디 가서 하소연할 수도 없다. 잘 따져 보지도 않고 선택한 나의 실수이기 때문이다.

구직자의 이력서를 봤는데 자격증은 수십 개나 되지만 그중에 정작 회사에서 필요한 자격증은 하나도 없다면 인사 담당자의 피로도는 얼마나 높아질까. 실제로 도대체 왜 자기 회사에 지원했는지 모를 정도의 구직자가 넘쳐난다는 인사 담당자의 하소연을 들은 적이 있다. 차라리 한두 개의 자격증만 있는 구직자는 오히려 편한데 요즘은 워낙에 자격증이 범람하는 시대여서 그중에서 맞는 자격증을 찾는 것 자체가 피곤하다는 것이다.

이력서 클리닉을 신청한 구직자 중에 항공사나 여행사에서 근무하길 희망하여 이력서를 넣으면서 그것과는 전혀 상관없는 조리사 자격증만 덩그러니 써넣은 사람을 본 적이 있다. 어떤 구직자는 장애가 있는 아이들을 위해 일하고 싶다면서 노인과 관련한 자격증만 써 놓은 경우도 있었다. 이런 사람들은 자신이 앞으로 들어가고자 하는 곳과 관련한 자격을 전혀 갖추지 않았다는 것만 여실히 증명하는 셈이다.

자격증을 따는 것도 중요하지만 지금 쓰는 지원서에 맞는 용도인지 확인하고 점검하는 일도 필요하다. 내가 얼마나 준비된 사람인지 어필하는 방법은 적절한 자격증의 여부이지 많은 자격증의 여부가 아니다. 써먹을 수 있는 자격증을 따는 것도, 이력서에 업무의 특성에 맞는 자격증을 쓰는 것도 상황에 맞게 전략적으로 해야 한다.

이력서에도 '뽀샵'이 필요하다

요즘 사람들은 자신을 드러내기를 주저하지 않는다. 자신이 누구인가부터 시작해서, 어디에 주로 가는지, 어떤 음식을 먹는지 스스로 불특정 다수의 사람들에게 보고하면서 사는 저널리스트들이다. 블로그나 다양한 플랫폼들을 보면 맛있는 음식이 넘쳐나고 예쁘고 멋진 사람도 넘쳐난다. 어쩌면 그렇게 다들 사진을 잘 찍는지 사진을 보다 보면 그 음식을 파는 음식점에 꼭 한번 가 보고 싶은 생각이 든다.

이렇게 플랫폼에 올라오는 사진들 가운데는 원판 그대로 올라오는 사진이 거의 드물다. 요즘은 자동 '뽀샵'이 되는 스마트폰 카메라

앱도 많아서 피부 보정은 물론, 심지어 다리 길이까지 늘여서 올릴 수 있다. 그래서 사진을 보는 사람들도 사진을 보이는 그대로 믿지 않을 때가 많다. 사람들은 자신이 먹은 음식을 기사화해야 하기 때문에 음식을 먹기 전에 꼭 사진을 찍곤 한다. 하나의 음식 사진을 찍더라도 정말 정성스럽게 여러 장 찍어서 그중 가장 맛있게 나온 사진을 자신의 SNS에 올린다.

이렇게 음식 사진 하나도 정성스럽게 찍고 어떻게 하면 더 잘 나올지 궁리하며 뽀샵질을 해 대면서 정작 이력서에는 그만한 정성 하나를 들이지 않는다. SNS의 사진은 자신을 드러내는 것이라고 인식하고선 보정하고 화려하게 꾸미면서도, 정작 이력서야말로 나를 드러내고 돋보이게 작성해야 하는 것임에도 이력서를 꾸밀 생각은 도통 하지 않는다.

예전에 대학교 취업지원실에서 일할 때, 한 졸업반 학생이 자신의 이력서와 자기소개서를 PPT로 멋지게 만들어서 가져온 것을 보고 직원들 모두 감탄했던 적이 있다. 누가 봐도 정말 정성을 많이 들였다는 것을 한눈에 알아볼 수 있을 정도였다. 그 학생은 당연히 원하던 곳에 취업했다. 그 누구도 그 학생의 합격을 의심하지 않았다.

컨설팅을 하거나 이력서 및 자기소개서 클리닉을 하다 보면 요즘에도 이런 이력서 양식이 있나 싶을 정도로 옛날 문방구에서나 팔던 양식에 자신의 이력을 타이핑해서 보내는 구직자들이 있다. 그런 양식의 이력서가 인터넷 어딘가에서 돌아다니고 있다는 사실이 놀라울 정도다. 취업 관련 사이트 등에서 다운로드한 천편일률적인 이력서 양식이 넘쳐나는 것은 두말할 필요도 없다. 판에 박힌 이력서 양식들을 보고 있자면 일단 한숨부터 나온다. 컨설턴트인 내가 한숨이 나오는데 그걸 보는 인사 담당자들은 오죽할까 싶다.

취업 시즌이 되면 인사 담당자들이 하루에 보는 이력서가 얼마나 될 거라고 생각하는가? 못해도 수십 통에서 수백 통, 심지어 수천 통까지 보는 사람도 있을 것이다. 그렇게 많은 사람들의 이력서를 보느라 지친 인사 담당자에게 어떻게든지 눈에 띄는 양식을 만들어 보내야 하건만, 구직자들은 형식보다 내용이 더 중요하다고 생각한다. 자신의 겉모습과 심지어 음식 사진 하나도 그렇게 근사하게 보이도록 세심하게 찍어 올리면서 왜 자신의 이력서만큼은 형식보다 내용이 더 중요하다고 착각하는지 알다가도 모를 일이다.

아무리 내용이 좋고 아무리 스펙이 화려해도 메일함을 열었는데 거기에 정성이라고는 1도 없는 양식이나 어처구니없는 양식의 이력서가 들어 있으면 인사 담당자는 당장 그 메일을 휴지통에 처박아 버리고 메일함을 닫아 버릴 것이다. 이력서 양식이 중요함은 아무리 강조해도 지나치지 않다. 인사 담당자가 읽고 싶게끔 만들어야 하는 건 당연하다. 그리고 이력서 양식을 통해서 내가 얼마만큼의 오피스 양식을 다룰 수 있는지, 얼마만큼의 컴퓨터 실력을 갖추고 있는지를 어필할 수 있어야 한다.

외국에서는 이력서에 사진을 붙이지 않는 나라가 많다고 한다. 아무래도 인사 담당자도 사람인지라 예쁜 사람한테 더 눈길이 갈 수도 있고, 그 앞에서 공정해지지 못할 수도 있다. 최근 우리나라에서도 이력서에 사진을 붙이지 말자는 의견이 나오고 있지만 일반화되려면 아직 멀었다. 그런데 대한민국은 그냥 대한민국이지 서양권의 나라가 아니다. 대한민국에 있는 기업에서는 구직자에게 사진을 붙이라고 요구하고, 나는 취업을 해야 하는 상황이라면 대한민국의 후진성에 대해 논하는 것은 논외로 하고, 나는 최대한 나의 최선을 다해 보여야 한다. 사진이 뭐가 중요하냐며 이력서에 사진을 붙이지 않는다면 당신은 그냥 떨어지면 된다.

구직자 중에 증명사진을 붙이는 칸에 마치 자신의 SNS 담벼락에나 붙일 법한 사진을 붙여 놓고선 이력서를 클리닉 해 달라고 당당하게 메일을 보내오는 이들이 있다. 그 사진을 보면서 도대체 취업에 대한 의지가 있긴 있는지 의심스러웠다. 이력서에 사진을 붙이면서, '나는 아줌마고요, 아이를 둘이나 낳았고요, 증명사진을 찍을 땐 머리를 풀어헤치고 찍어도 된다고 생각하고요, 정장 그쯤은 뭐

안 입으면 어때요!'를 군이 어필해서 좋을 건 단 하나도 없다. 불합격 소식만 들려오게 된다.

이력서는 기본적으로 딱딱한 양식이다. 창의력을 발휘할 가능성이 거의 없다. 그렇다면 정해진 양식이라고 해서 눈에 띄는 것이 불가능하기만 할까? 회사에서 이력서를 요구하는 건 한 페이지짜리 잘 정리된 One Page Report, 즉 한 장짜리 보고서를 요구하는 것과 마찬가지다. 아무도 보고서에 아무 사진이나 붙이고 아무 내용이나 넣지 않는다.

그냥 다운로드한 이력서를 쓰면서 항목을 자기에게 맞게 바꾸지 않고 그대로 쓰는 사람도 많다. 그렇게 되면 자연히 빈칸이 많아진다. 빈칸이 많다는 것은 나는 아직 준비가 안 됐다고 증명하는 것을 넘어 성의가 없는 사람으로 비친다. 빈칸 정도는 삭제하고 깔끔하게 올릴 수 있는데도 그냥 그대로 올리고 있으니 말이다. 나는 이런 이력서를 접하면 빈칸부터 모두 삭제하라고 한다. 어떻게 해서든 자신에게 맞는 항목을 다시 만들어서 어떤 내용이라도 채우라고 말한다. 심지어 회사의 지정된 양식이 아닌데도 어디선가 병역 여부가 적혀 있는 양식을 다운로드해서 거기에다 미필이라고 적는 여성들을 볼 때도 있다. 나는 정말 무식하다는 것을 여실히 드러내면서 말이다.

이력서는 거의 모든 항목이 단어로만 채워진다. 거기에 어떤 부연 설명을 덧붙일 수 없게 되어 있다. 파편화된 단어들을 이용해 내 직무 능력에 대한 하나의 교집합을 만들어 내야 하는 것은 두말할 필요도 없이 중요하다. 외모지상주의가 만연한 나라지만 이력서의 외모만큼은 무가치하게 여겨지기 일쑤다. 보기 좋은 떡이 먹기도 좋다며 음식 하나를 만들 때도 예쁘고 보기 좋게 만든다. 그런데 이력서는 아무렇게나 대충 만든다.

딱 봐도 보기 좋은 이력서가 읽고 싶은 마음을 불러온다. 어떤 내용을 써야 할지 고민하는 건 그다음 일이다. 당신의 이력서를 보기 좋게 뽀샵하는 것은 푸른 잔디밭 가운데 붉은 꽃이 피어 있어 사람들 눈에 띄는 것과 같다. 그렇게 평가자의 관심을 끌고 나서야 평가자가 흥미를 느끼고 다음의 자기소개서로 페이지를 넘길 수 있을 것이다.

START 기법을 알아야 자기소개서가 보인다

누군가가 당신에게 당신은 어떤 사람이냐고 묻는다면 순간 뭐부터 이야기해야 할지 당황스러울 것이다. 어떻게 자랐느냐고 묻는다면 그건 더 대답하기 곤란하다. 한두 해 살아온 것도 아니고 이 땅에 태어나서 수십 년을 살았는데 그것을 단 몇 마디 말로, 단 몇 줄로 어떻게 잘 설명할 수 있을까. 그래서 구직자들은 도대체 자기소개서를 어떻게 써야 하느냐고 하소연한다. 나 역시도 자기소개서를 작성하는 게 어렵다. 때로는 자기소개서의 칸이 너무 협소하고 답답하게 느껴질 때도 있고, 때로는 지나치게 많은 공간을 차지하고 있다고 생각될 때도 있으니 말이다.

어느 구직자의 자기소개서를 보다가 성장 배경에서 '우리 가족은 화목합니다'로 시작하는 첫 문장을 읽게 됐다. 이 정도는 뭐 약과다. '저는 엄격하신 아버지 밑에서 자랐고' 내지는 '저희 부모님은 늘 정직하라고 말씀하셨습니다' 등등으로 시작하는 자기소개서를 읽을 때면 세월이 이렇게 많이 변하고 시대가 이처럼 빠르게 발전하고 기술은 하루가 다르게 발달하고 있는데, 왜 자기소개서는 몇십 년 전과 똑같을까 하는 의문이 든다. 386세대와 스마트폰 세대가 왜 여기서는 전혀 세대 차이 없이 서로 합일점을 이루고 있는지 말이다. 자기소개서는 말 그대로 나를 소개하는 글이지 부모님이나 가족을 소개하는 글이 아니라고 누누이 말해도 아직도 열에 아홉은 이런 식으로 성장 과정 이야기를 마치 자서전을 압축하고 요약한 것처럼 쓴다. 모든 사람들이 자기소개서에서만큼은 아직도 20세기에 살고 있거나, 어느 고서적을 파는 곳에서 자기소개서 관련 서적을 사 오기라도 한 것처럼 보일 정도다.

사건과 사례도 없이 자신의 주장만 난무한 것 역시 동일하다. '나는 이런 사람이에요, 저런 사람이에요'만 써 놨지, '그 말을 나보고 믿으라고?'와 같은 반응이 나올 법하게 거기에 대한 적절하고 적당한 근거는 단 하나도 없다. 자기소개서상에는 어떤 단점도 없고, 어떤 실수도 없고, 오직 완벽한 사람들뿐이다. 인사 담당자들은 자기소개서를 보면 얼마나 완벽한 사람들이 많은지 가끔은 헛구역질이 나올 정도라고 말한다. 때로는 자신의 성공 스토리보다 실패했지만 거기서 어떤 것을 보고 배웠는지를 감동을 담아서 어필하는 게 인사 담당자에게는 더 인상적으로 다가갈 수도 있다.

그렇다면 감동적인 스토리는 어떻게 써야 할까? 우선 나의 꿈과 목표를 인수분해하듯 분해하고 분석해야 한다. 소수점까지 탈탈 털어 봐야 한다. 나는 왜 이 직무를 담당하고 싶은가? 나는 이 직업을 얻기 위해 포기할 수 있는 것이 있는가? 나는 이 일을 통해 앞으로 어떤 것을 이루고자 하는가? 이 모든 것을 생각하고 정리해 봐야 한다. '먹고살 게 없어서'라고 말할 수는 없지 않은가. 최소한 나에게는 그렇게 말하더라도 자기소개서를 쓰면서 혹은 면접 자리에서 할 수 있는 게 이것밖에 없어서 이 일을 선택했다고 말할 수는 없지 않은가. 그 오랜 시간을 살아오면서 나를 증명할 수 있는 키워드 하나쯤은 만들어 놓아야 하지 않겠는가.

친구 중에 미국에서 MBA 학위를 받은 친구가 있다. 친구는 공부도 잘했고 인간성도 무척 좋다. 그런데 학위를 받고 와서 국내 기업에 취업했다는 소식을 듣고 그 친구를 만나게 됐는데 MBA 학위를 어렵게 따 놓고선 영업직으로 일하고 있었다. 영업을 하고 있다는 것도 놀라웠지만 여자가 영업을 한다는 것이 더 놀라웠다. 그전까지 나는 영업이라는 것은 남자들 중에서도 술 좋아하고 거친 남자들이나 하는 것이라고 생각해 왔기 때문이다. 친구는 굳이 다른 일이 아니라 영업만으로도 자신이 원하던 억대 연봉자가 될 수 있다는 걸 알았다고 했다.

그렇다. 그녀는 자신의 능력만큼 돈을 벌 수 있는 자리를 원했던 것이다. 그리고 자신은 가만히 앉아 있는 것보다 사람들을 만나러 다니는 게 적성에 맞는다고 했다. 유학까지 하고 왔는데 그 시간이 아깝지 않냐고 물었지만, 자신이 목표하던 바를 찾았기 때문에 학위 하나가 그렇게 아깝지는 않다고 했다. 그리고 그곳에서는 충분히 인생에 도움이 될 만한 값진 경험을 했다고 했다. 그녀는 지금 바람대로 억대 연봉을 받으면서 외제차를 몰고 다니며 멋진 삶을 살고 있다. 나 같으면 영업보다는 가만히 앉아서 폼 잡는 일을 선택했을 텐데 그 친구는 자신의 적성과 목표를 따라 자신에게 맞는 선택을 했던 것이다. 그리고 그런 선택 자체가 그녀를 특별하게 만드는 하나의 감동적인 스토리가 됐다.

이와는 정반대의 친구가 있다. 그녀는 고시 공부를 해서 어렵게 전문 자격증을 땄다. 그런데 그녀는 영업에는 영 소질이 없는 사람이었다. 고시를 통해 전문 자격증을 따면 영업이 적성에 전혀 안 맞는 사람들은 자신의 일에 회의를 느끼기 시작한다. 사법시험, 변리사 및 감정평가사 시험 등을 통해 어떤 전문 자격증을 따든 결국은 영업을 해야 한다는 것을 사람들은 잘 모른다. 자신의 능력에 한계를 느낀 친구는 그렇게 힘들게 자격증을 따 놓고선 결국 포기하고 7급 공무원 시험을 다시 봤다. 자기는 발로 뛰는 것보다 그냥 가만히 앉아서 시키는 일이나 하는 게 속이 편하다고 했다. 아무리 사람들이 동경하는 직업이라도 적성에 안 맞으면 봉급생활자보다도 돈을 더 못 벌게 되니 그런 리스크 없이 안전하게 가고 싶었던 것이다.

그럼 이제 우리의 상황을 생각해 봐야 한다. 만약 우리 앞에 꿈에 그리던 이상형, 지금의 남편이든 그 옛날의 오빠들이든 누군가가 나타났을 때를 떠올려 보자. 당신은 전에 없던 열정으로 그 사람과 사귀게 된다. 하지만 우리 뇌의 도파민이나 호르몬이 다 떨어져 갈 때 즈음 그의 단점이나 꼴 보기 싫은 점이 보이기 시작하면서 싸우게 된다. 상상했던 것과는 너무나 다른 모습에 실망도 한다. 그런 현실에 맞닥뜨리게 되면 우리는 선택을 해야 한다. 그의 단점을 수용하든지, 외면하든지, 계속 그 사람과 사귈 것인지, 헤어질 것인지 말이다.

직업을 찾고 커리어를 쌓는 것, 회사를 선택하는 것도 이런 연애와 별반 다르지 않다. 내가 하고 싶은 것과 하기 싫은 것, 나를 만족시키는 것과 그렇지 못한 것, 참을 수 있는 것과 절대 참을 수 없는 것을 잘 분별한 후에 제대로 된 선택을 해야 한다. 이전까지는 누군가의 강요에 의해, 누군가의 소망에 의해, 때로는 아무것도 모른 채 우리의 진로와 직업을 선택했다면 이제는 내 손으로, 내 의지로 나의 직업과 커리어를 선택해도 되는 때가 됐다. 그 선택에 대한 책임 역시도 나 자신에게 있고, 전적으로 나의 영역에 속하는 것이기 때문이다.

그렇게 자신을 들여다본 후 비로소 자기소개서를 작성하기 위해 한 발짝을 떼는 것이다. 이제 자기소개서를 쓸 수 있는 용기가 생긴 당신에게 START 기법에 대해서 간략하게 소개하고자 한다. 애매모호한 자기소개서의 세계에서 이 기법만 알아도 안개가 조금 걷히는 기분이 들 것이다. 자기소개서를 쓸 때 기승전결이든, 결기승전이든 그런 식으로 쓰라고 하면 감이 잘 오지 않는다. 어디서부터 어디까지의 스토리를 그 안에 담아야 할지 떠오르지 않기도 한다.

사실, 그것이 중요한 것은 아니다. 자기소개서는 일반 글과는 분명 다르기 때문이다. 인사 담당자들은 고백한다. 지원자들의 자기소개서를 꼼꼼하게 다 읽지는 않는다고. 그럴 시간도 없다고. 그렇다면 핵심 키워드를 세우고 최대한 간결한 문장으로 작성해야 한다. 그리고 소제목에 모든 걸 걸어야 한다. 요즘도 소제목을 적지 않는다거나 평범하기 그지없는 소제목을 적는 등 소제목의 중요성을 간과

하고 넘어가는 구직자가 많아 보인다. 소제목까지 매력적으로 적었으면, 각 항목의 내용을 채워 나가면 된다.

상황(Situation) : 어떤 일이 있었는가.

과제(Task) : 그 상황에서 해결해야 했던 과제는 무엇이었는가.

행동(Action) : 그래서 나는 무엇을 했는가.

결과(Result) : 최종적인 결과는 어떠했는가.

교훈(Taken) : 그로부터 나는 어떤 것을 배웠는가.

이것이 내가 소개하고자 하는 자기소개서의 START 기법이다. *자기주장만 펼치지 말고 START 기법에 맞춰 쓴다면 근거와 사례가 충분한 자기소개서가 될 것이다.* 자기소개서는 지원자가 회사에 제출하는 첫 공식 문서와 마찬가지다. 그리고 상대를 설득하기 위한 목적으로 작성해야 한다. 작가가 독자의 마음을 얻기 위해서는 독자의 눈높이에 맞춰 글을 써야 하듯, 구직자는 인사 담당자의 눈높이에 맞춰 자기소개서를 써야 한다는 것을 잊지 말자.

지원할 때는 경단녀 티내지 마라

공백기는 우리에게 절대적으로 불리하기만 할까? 긴 공백의 시간을 보낸 후 다시 취업을 앞둔 사람들을 면접장에서 만나면 지나치게 주눅 들어 있는 모습인 경우가 많다. 심지어 취업이 되리라고 기대도 하지 않는 사람도 많다. 그러다 보니 별로 신경을 쓰지 않은 채 면접장에 오는 경력단절여성들이 많다.

아가씨일 때를 떠올려 보자. 면접을 보기 위해 정장을 차려입는 것은 당연했고, 미용실에 가서 머리까지 하던 사람도 있었다. 그런데 엄마가 되고, 세상과의 단절을 겪은 다음에는 미용실까지 가서 머리하는 것은 기대도 하지 않지만, 복장조차 제대로 갖춰 입지 않는 것은 물론이고, 수다 떠는 것과 별반 다를 바 없는 자세로 면접을 진행하는 사람도 본 적 있다. 내가 면접에서 당당하게 나를 어필할 수 있으려면 면접장에 갈 때는 경단녀의 때를 무조건 다 벗겨 내고 가야 한다.

복장을 제대로 갖추지 않고 머리도 단정히 하지 못한 채 면접장에 가면 반드시 주눅 들게 되어 있다. 왜냐하면 옆에는 미용실에 다녀온 예쁜 아가씨가 앉아 있을 것이기 때문이다. 재취업을 앞둔 여성들이 가장 착각하는 것 중 하나가 자기가 재취업을 한다고 해서 그곳에 오는 모든 사람들이 재취업자인 자신과 동일한 경단녀일 거라고 생각하는 것이다. 경단녀는 경단녀끼리 경쟁하는 것이 아니라 전체 여성 취업자와 경쟁한다고 생각해야 한다.

나 역시 처음엔 그런 착각을 했다. 이런 종류의 직업과 이 정도의 월급에는 기혼 여성들만 모이겠지 하고 생각했지만 첫 번째 면접을 보러 갔던 복지관에서도, 그다음 면접을 보러 갔던 구청에서도 나는 늘 아가씨들과 나란히 앉아서 면접을 봤다. 그래서 모든 직종은 취업과 재취업이 구분되지 않고, 경단녀와 아가씨가 구분되지 않고, 신입과 경력이 구분되지 않는다는 것을 알게 됐다.

단정한 외모를 갖추고 이러한 취업의 현실을 알게 됐다면, 그다음에는 경력단절의 시간을 결코 부끄러워하지 않는 자신감을 장착해야 한다. 경단녀 티를 내지 말라는 진정한 뜻은 어느 때든 당당해야 하며 외형뿐만 아니라 내면에도 당당한 모습을 갖추라는 것이다. 나는 커리어 상으로는 아무 일도 하지 못했지만, 그동안 결혼을 했고, 아이를 낳았고, 그 아이가 세상에서 올바로 살아가게 하려고 최선을 다했다는 것을 당당하게 말할 필요가 있다. 그것은 어디에 내놓아도 떳떳하고 자랑스러운 일이지 내가 무능력하다는 뜻이 결코 아니다.

재취업을 희망할 때 면접자를 비롯한 인사 담당자는 공백기를 어떻게 보냈는지에 대해서 반드시 질문할 것이다. 대부분의 지원자는 이런 질문을 받으면 우물쭈물하고, 얼굴이 빨갛게 상기되기 십상이다. 이 질문을 "그동안 일 안 하고 뭐 했어요?"로 해석한다면 그렇게 부끄러울 수밖에 없다. 하지만 이 질문을 말 그대로 공백의 시간 동안 진짜로 무엇을 했는지로 해석한다면 절대 부끄러워할 필요가 없다. 따지려고 드는 것이 아니라 진짜로 무엇을 했는지 궁금해서 하는 질문으로만 받아들이면 된다.

친한 동생이 면접을 앞두고 도움을 요청한 적이 있다. 나는 분명 공백의 시간에 대한 질문이 나올 것이라 일러 줬고, 그에 대한 답변을 A4용지에 적어 보라고 했다. 그런 다음 면접의 방향을 세워 줬고, 모니터링을 해 줬다. 역시나 면접에서는 공백기에 뭘 했는지에 대한 질문이 나왔다. 그 동생의 공백기는 5년이 넘었지만 당당히 그 시간을 깨고 취업에 성공했다.

이 질문 자체는 피면접자의 자신감과 직업관을 확인하기 위한 질문이라는 것을 명확히 해야 한다. 질문의 의도를 명백히 파악했고 자신감을 잃지 않았다면, 그다음에는 질문에 포함된 질문자의 걱정을 덜어 줘야 한다. 그 질문에는 공백기가 길었는데 과연 이 일을 잘할 수 있을까 하는 질문자의 염려가 포함되어 있기 때문이다.

내가 재취업을 희망하고 면접을 보았을 때 면접자가 나에게 엑셀을 잘할 수 있냐고 물었다. 사실 나는 당시에 엑셀을 잘 다루지 못했다. 나는 그때 솔직하게 엑셀을 잘 다루지는 못하지만 그것이 내가 일을 해내는 데 커다란 문제가 되지 않을 거라고 이야기했다. 엑셀은 하루만 배워도 기본은 할 수 있을 거라고 말했다. 엑셀 말고는 내이력에 의심이 없던 인사 담당자는 오히려 자신이 부족한 부분을 인정하고 그 부분에서도 결코 물러서지 않는 자신감을 보이자 곧바로 나를 채용했다. 만약 내가 그때 우물쭈물하거나 자신 없는 표정이라도 지었다면 재취업에 성공하지 못했을지도 모른다.

결혼 전에 잘했던 것도 시간이 지나면 잊어버리기도 하고, 내가 다시 잘할 수 있을까 의심이 들기도 한다. 그런 두려움이 들어도 막상 출근하면 그것이 전혀 문제가 아니라는 것을 금방 깨닫게 된다.

그런 소프트웨어를 다루는 일은 진짜 별것 아닐 때가 많기 때문이다. 그리고 직장에는 드물지만 마음씨 착한 사람들이 한 명쯤은 있기에 물어보면 가르쳐 줄 사람이 나타날 것이다. 그러니 그런 기술적인 문제로 주눅 들 필요는 전혀 없다.

진짜 문제는 공백기 자체가 아니라 우리가 공백기를 어떻게 대했는지에 대한 태도에 있다. 그 시간을 진지하게 보냈음을 어필하면 된다. 만약에 풀타임으로 근무할 수 없어서 아르바이트를 했다면 그 일을 하면서 깨달은 바가 무엇인지 당당하게 어필하면 된다. 아무 일도 안 하고 아이를 키우고 살림만 했다면 그 시간을 어떤 마음으로 보냈고 앞으로는 어떤 일들로 채우고 싶은지 어필하면 된다. 이야기를 어떤 식으로 해석할지는 평가자의 몫이며 당신을 뽑을지 말지에 대한 고민 역시 담당자의 몫이다. 많은 평가자들은 거창하고 그럴듯한 이야기보다 자신의 삶이 녹아든 경험과 배움이 살아 있는 이야기에 더 귀 기울이게 되어 있다. 그들도 사람이기 때문이다.

막상 나에게 기회가 왔을 때 겁이 나고 소심해질 수도 있다. 물론 어리고 젊었을 때도 그럴 수 있다. 그것은 인간이기 때문에 그런 것이지 내가 집에서 살림이나 하던 여자이기 때문도, 경력이 단절된 채 오랜 시간을 보냈기 때문도 아니다. 남들이 당신을 초라하게 볼까 봐 걱정되는가? 우리가 반드시 거창하고 화려한 삶을 살았어야 할 이유는 어디에도 없다.

우리는 최선을 다해 지난 시간을 보냈다. 그 시간 속에서의 우리의 모습을 자랑스러워해야 한다. 한 생명을 살리기 위해 끊임없이 수고했고 누군가를 제대로 두 발로 걸을 수 있게 키워 냈다. 가족의 건강을 책임지고 그들이 각자의 자리에서 맡은 역할을 잘 해낼 수 있도록 뒤에서 지원했다. 이런 나의 삶에 대해 무언가 할 줄 모르는 여성으로, 아무것도 하지 않은 여성으로 재단하고 우습게 볼 권리는 누구에게도 없다. 우리 스스로 우리 자신을 그렇게 평가해서는 더더욱 안 된다.

우리는 진정으로 위대한 일을 해 왔다. 그러니 누구에게라도 우리의 지난 시간을 당당하게 말할 수 있고 우리 자신을 자신 있게 꺼내 보일 수 있다. 그것이 어디를 가더라도 자신을 경력단절여성으로 정의한 채 그에 맞게 행동하지 않아야 할 유일한 이유이다. 당신은 경력단절여성으로 면접관 앞에 선 것이 아니라, 한 사람의 구직자로, 한 사람의 사회 구성원으로 섰을 뿐이다.

인맥을 다시 정리하라

미국 보스턴대학의 조사에 따르면 성공과 출세에 가장 큰 영향을 주는 것은 인간관계라고 한다. 재능과 실력도 중요하지만 주위에 좋은 인맥, 즉 좋은 사람들이 없으면 성공하고 행복한 인생을 살기가 더 어렵다는 것을 기억해야 한다. 좋은 인간관계는 곧바로 삶의 에너지로 연결된다. 그런데 이상하게도 행복하지 않은 사람들은 행복하지 않은 사람들끼리 모여 있고, 행복한 사람들은 행복한 사람들끼리 모여 있다.

내 친구의 행복은 나에게 전염된다. 내 친구가 행복하면 나의 행복감이 15% 증가하고, 내 친구의 친구가 행복하면 10%, 내 친구의 친구의 친구가 행복하면 6%가 증가한다고 한다. 이것이 바로 좋은 에너지를 주는 사람들과 가까이 있어야 하는 이유다. 주변에 선한 영향력을 주는 것이 진정한 행복이고, 내가 행복한 사람이 되는 것은 나뿐만 아니라 다른 사람에게도 좋은 영향을 미친다.

행복한 사람들과 교류하고, 좋은 인간관계를 맺고, 운이 좋은 사람들과 만나려면 어떻게 해야 할까? 좋은 인맥을 만나려면 놀던 물에서 떠나야 한다. 앞서 말한 것처럼 대부분의 사람들은 유유상종하기 때문에 비슷한 사람들과 어울린다. 비슷한 생각, 비슷한 행동을 하는 사람들끼리 어울리면 발전이 없다. 나와는 다른 생각, 다른 행동을 하는 사람을 만나야 배울 점이 생긴다. 매일 엄마들끼리만 모여서 카페에서 수다를 떨고 있으면 그냥 고인 물에서 엄마로만 살게 된다. 거기에서 빠져나와 성공자들이 있는 물로 나가면 성공자가 될 확률이 훨씬 더 높아진다.

재취업을 하기 전에 내가 만나는 사람들은 동네 엄마들 아니면 교회 사람들이 전부였다. 교회를 가든, 어디를 가든 내가 만난 엄마들은 다들 아이들 이야기만 했다. 예전에는 그렇게 신앙 이야기만 하던 교회 사람들도 이상하게 아이들 이야기만 했다. 아이들 이야기를 하다 보면 자연스레 힘든 얘기만 하게 된다. 양육에 지친 엄마들은 누군가를 만나면 위로받고 싶은 마음이 발동하기 때문이다. 늘 힘든 이야기를 할 준비 태세를 갖춘 사람들처럼 말이다. 남의 힘든 이야기를 들으면 그 힘든 이야기가 곧 나의 이야기가 된다. 서로 한풀이만 하다 헤어지지만 해결되는 건 아무것도 없고 세상을 사는 것은 역시 힘들다는 생각밖에 안 든다.

그런데 코치와 컨설턴트, 작가, 강연가로 메신저로서의 삶을 살게 되면서 유사한 직업을 꿈꾸거나 이미 그런 직업을 가진 사람들을 만나게 됐다. 그들은 대부분 힘든 이야기보다 꿈을 이야기했다. 같은 엄마인데도 아이들 이야기보다 자신의 성공담을 나누기 바빴다. 놀던 물에서 나오고 만나는 사람들이 달라지니 내 대화 내용도 달라지기 시작했다.

시대가 변하면서 점점 더 인맥이 중요한 시대가 됐다. 대부분의 것들이 컴퓨터화되고 인공지능이 우리의 영역을 침범하게 되는 앞으로의 시대에서 자신의 기술로 먹고살게 되고 프리랜서 형태의 일을 하게 된다면 인맥은 정말로 중요한 자산이 될 수밖에 없다. 어떤 조직에도 속하지 않게 된다면 인맥을 통해서 나의 일을 다른 일로 연결시키고 또 수입으로 이어질 수 있게 해야 한다. 그러기 위해서는 나를 불러 주는 사람들의 힘이 절대적이다.

나는 메신저들과 네트워크를 형성하기 시작했다. 내가 갖지 못한 기술을 누군가가 갖고 있다면 나는 그 사람에게 도움을 요청할 수 있다. 반대로 누군가가 갖지 못한 기술을 내가 가지고 있다면 그 사람이 나에게 도움을 요청할 것이다. 내가 어떤 프로그램을 운영하는데, 내가 잘 알고 있는 일자리나 직업, 심리학이나 감정에 관한 분야가 아닌 세금이나 영업에 대해서 알려 주어야 할 상황이 생긴다면 나는 나의 네트워크 안에서 그 분야의 전문가를 초빙할 수 있게 된다. 반대의 상황도 얼마든지 일어나게 될 것이고 말이다.

네트워킹을 단순히 사교의 목적으로만 만든다면 거기에서 얻는 유일한 유익은 함께 수다를 떨 수 있는 사람들을 만드는 것에 불과하다. 그것도 그 사람들과 서로 얼굴을 붉히고 싸우기 전까지만 말이다. 물론 그 안에서 나의 꿈을 지지해 주고 나의 가치를 알아주는 사람들이 있다면 그런 네트워크라도 좋다. 하지만 엄마들끼리의 네트워킹에서 내 꿈과 나의 비전에 관심 있는 사람들이 과연 몇이나 있던가. 아니, 그들과 그런 이야기조차 나눌 수 있던가. 아이들 이야기가 주를 이루고, 남의 뒷말이나 하고, 시어머니와 남편의 흉을 보면서 시간을 보내는 엄마들의 네트워킹에서 우리가 과연 얼마나 나의 발전 가능성에 대해 말할 기회를 가질 수 있을까.

<u>인맥을 다시 만들고, 서로에게 도움이 되는 네트워킹을 만들려면 서로의 가치를 알아주고 그것을 인정할 수 있는 사람들을 만나야 한다.</u> 내가 닦아 놓은 네트워킹 안에는 서로가 서로를 누구보다 인

정하고 응원하는 사람들로 가득하다. 만약 이런 분위기가 아니라면 우리는 도움이 필요할 때 요청할 수도 없으며 그 안에서 용기도 얻을 수 없다. 사람들은 의외로 남의 꿈에 별로 관심이 없다. 아무리 친한 친구도 당신에게 당신의 꿈을 물어보지 않는다. 우리가 꿈을 잊고 사는 시대에 살기 때문일 수도 있겠지만, 진정한 관심이 무엇인지조차 몰라서일 수도 있다.

정말 나를 잘 아는 사람 같아도 진정으로 나를 아는 사람은 드물다. 다들 너무 바빠서 남을 위해서 시간을 내야 하는 상황에서 망설이고 그 시간을 아까워한다. 하지만 내가 견고하게 구축해 놓은 네트워킹 안의 사람들은 서로에게 도움을 주는 그 시간을 아까워하지 않는다. 이제는 몇 명을 알고 있느냐가 전혀 중요하지 않다. 전화번호부에 수백 명이 있어도 전화할 사람이 없다는 것을 우리는 지금까지 뼈저리게 느끼면서 살지 않았던가.

큰사람이 되려면 큰물에서 놀라는 말이 있다. 그것은 단순히 큰물이 넓고 좋아서가 아니다. 큰물에는 큰 물고기가 그만큼 많기 때문이다. 내 옆에 누가 있느냐가 곧 나의 가치 척도가 될 수 있다. 그래야 나의 삶에 대한 태도를 최대치로 끌어올릴 수 있다. 작은 것에 연연하던 모습에서 벗어나 큰 꿈을 그려 나가면서 살 수 있다. 하지만 그러한 목적만을 염두에 두고 접근하면 그것은 변질되기 쉽다. 목적을 가지고 접근하는 사람과 그런 의도는 타인에게 쉽게 들키는 법이며 사람들은 그런 사람을 멀리하려는 경향이 있다.

따라서 네트워킹의 기초를 잘 닦으려면 내가 먼저 주는 사람이 돼야 한다. 내가 먼저 도움을 주는 사람이 돼야 나도 도움을 받을 수 있다. 내가 먼저 남의 꿈에 관심을 가져야 다른 사람들도 나의 꿈에 관심을 가지고 나의 가치를 알아봐 줄 수 있다.

예전에 함께 일했던 한 동료는 철저히 목적성을 띤 만남을 가졌고, 그것을 자신의 입으로 스스럼없이 말하고 다녔다. 목적을 가지고 누군가에게 접근하는 것이 뭐가 나쁘냐고 하면서 말이다. 사람들은 서로 필요한 정보를 주고받기 위해 어울리는 것이며 그것은 전혀 이상한 일이 아니라고 했다. 하지만 그 말을 듣는 내 마음에는 그녀에 대한 강한 경계심이 생겼다. 달면 삼키고 쓰면 뱉는 유형의 사람이라고 생각했기 때문이다. 사실 그런 사람과 깊은 관계를 맺고 싶어 하는 사람은 많지 않을 것이다.

인맥을 재정립하고 네트워크를 잘 유지하려면 우선 순수한 마음으로 어필하지 않으면 안 된다. 그 사람이, 그가 하는 일이 나에게 도움이 될 것이라고 생각한다면 더더욱 인간적으로 다가가야 한다. 우리는 모두 고유한 인격을 가진 사람들이지 기계가 아니기 때문이다.

인생의 설계도를 다시 그려라

미래 일의 생태계에 속하는 단어들에는 무소속, 프리랜서, 포트폴리오, 프로젝트, 디지털 노마드, 마이크로 기업가, 디지털 네이티브, 프리 에이전트, 스마트 워크, 앙트러프러너십, 사물인터넷, 퍼스널 브랜드, 플랫폼, 네트워크, 아웃소싱, 협업, 빅데이터, 디지털 평판 경제 등이 있다고 한다. 이 중에는 무슨 뜻인지도 모를 정도로 낯선 단어들도 있다.

어쨌든 미래 일의 형태는 지금까지와는 무척 달라 보인다는 것은 분명하다. 미국의 프리랜서를 위한 인재 플랫폼인 업워크(Upwork)의 발표에 따르면 2020년에는 미국 경제인구의 절반이 프리랜서 형태로 일하게 될 것이며, 그 규모는 470억 달러(52조 원)가량으로 예측된다고 한다. 이제 우리도 무소속 프리랜서로 살아갈 준비를 해야 한다는 뜻이다. 지금 당장은 아니더라도 프리랜서로 살아갈 앞으로의 인생 설계도를 다시 그려 놔야 한다.

요즘 디지털 노마드라는 말이 유행이다. 이것은 말 그대로 온라인으로 연결된 유목민이라는 뜻으로 자신이 원하는 시간에 원하는 장소에서 자유롭게 일하는 사람을 뜻한다. 벌써 내 주위에도 이러한 디지털 노마드로 하루에 몇 시간만 일하는 사람들이 늘어나고 있다. 이런 자유를 누리기 위해서는 자신이 원하는 분야, 자신이 일하는 분야에서 온라인으로 거래 가능한 재능을 갖추고 있어야 하며, 그 부분에서 높은 평점을 받고 있어야 한다. 스스로 미래를 설계하고 필요한 공부를 할 수 있어야 하며, 발 빠르게 변화할 수 있어야 한다.

나는 처음 심리학을 공부하기 시작했을 때 배움의 목록을 적어 나갔다. 심리학을 끝내고 나면 어떤 공부를 할 것인지에 대한 목록 말이다. 심리학을 공부하게 된 계기 자체가 다음에 공부할 진로 상담을 위해서였다. 취업 상담에만 그치지 않고 진로 상담까지 상담의 폭을 넓히기 위해서는 대학원 공부가 필요했고, 그러기 위해선 심리학을 기본으로 공부해야 했다. 어떤 공부를 시작할 때 지금의 공부만을 생각하고 다음의 진로까지 확장하지 않으면 넓은 세상을 좁은 시야로 살아갈 수밖에 없다.

나이가 들수록 사람들은 더 이상 배움에 대한 기대를 하지 않게 되고 현실에 안주하고 싶은 욕구가 커진다. 배움은 그 자체도 중요하지만 배움의 과정에서 맺게 되는 수많은 인맥이 있어 더 중요하다. 그럼에도 불구하고 사람들은 이런 중요한 요인에 투자하지 않으려고 한다. 지금까지는 그렇게 지내도 살아남을 수 있었지만 앞으로의 세상에서는 살아남기 어렵다. 배우지 않으면 변화에 대처할 수 없을 뿐만 아니라 인맥을 만들어 놓지 못하면 프리랜서로서의 삶을 대비할 수 없기 때문이다. 성공할 수 있는 환경을 만들 기회가 점점 줄어드는 것이다.

프랑스인은 인생을 3기로 구분한다고 한다. 1기는 학습의 시기, 2기는 노동과 경력의 시기, 3기는 생활의 시기라고 한다. 그렇다면 우리는 이미 학습의 시기를 거쳐 왔고, 노동과 경력의 시기를 보내다 다시 경력단절의 시기를 거쳐 왔기 때문에 앞으로의 시간을 다시 3기로 축약한 후 쪼개야 한다. 경력단절의 시간 동안 우리는 최대한 짧게 학습의 시기를 가진 후 노동과 경력의 시기를 맞이해야 한다. 특히 3기에는 다양한 사람들이 서로의 역량과 지식을 교환하는 네트워크의 역할이 중요한 시기라고 한다. 우리는 2기 동안 교환 가능한 지식과 역량을 축적해 놓는 데 에너지를 집중해야 한다. 그런 다음에야 우리가 원하는 프리랜서로서의 삶을 살 수 있다. 짧게 일하고 많은 돈을 버는 가장 이상적인 형태의 삶 말이다.

우리는 'ACE' 과정, 즉 Awareness(인식), Challenge(변화), Expansion(성장)의 과정을 통해 예측하기 힘들게 변화하고 있는 세상을 읽고 발맞춰 나가야 한다. 그리고 '커리어 리스크'에 대비해야 한다. 캐서린 콕스 박사가 300명의 천재들의 정신적 특성을 연구한 바에 따르면, 그들은 대부분 자신의 느낌, 관찰한 것, 의문점 등을 개인의 노트나 친구와 가족에게 보내는 편지에 기록했다고 한다. 커리어 리스크에 대처하는 방안으로 기록 관리를 통한 사례 발굴이 도움이 된다는 것이다.

이를 바탕으로 경력 개발 3단계 로드맵을 그려 나가야 한다. 현재 기반 유지, 중기 도전 과제, 궁극의 목표 과제를 만들고 이를 단기, 중기, 장기로 나누어 균형적인 포트폴리오를 만들어야 한다. 자아 성찰을 바탕으로 선택과 집중 전략을 사용하여 어떤 것을 버리고 어떤 것에 집중할지를 선택해야 한다. 그런 다음 미래의 커리어 이미지를 그린 후 긍정적인 이미지만을 남기고 그 이미지가 순환되는 구조를 만들어야 한다.

그런 다음 꿈 목록을 이용한 통합 비전을 도출해 보자. 처음에는

100개의 꿈 목록을 쓰고, 거기에서 50개, 다시 10개로 줄여 나간 다음 최종 비전을 써 보는 것이다. 미국의 경영학자 피터 드러커는 '3년 자기 개발 학습법'을 소개했다. 3년마다 새로운 주제를 선정 하여 학습한다고 한다. 이를 다시 3개월 학습으로 쪼갤 수 있다. 매 년 중주제를 정하고 3개월마다 소주제를 정해서 집중적으로 학습 한다. 그렇게 하면 지속 성장이 가능해지고, 우리의 꿈 목록을 통한 통합 비전을 더 구체적으로 도출할 수 있게 된다.

나는 나의 지식과 경험을 여러 사람과 나누기 위한 메신저로서의 삶을 3단계로 구분해서 단계별 학습을 진행했다. 1단계는 3개월 안 에 책을 내는 것, 2단계는 카페 및 블로그 등의 시스템 점검, 3단계 는 1인 지식창업의 과정으로 나누었다. 취업 강사를 하면서도 3개 년 계획을 세웠다. 1차 연도에는 아카데미 설정 및 전체 특강 시리 즈 개발, 2차 연도에는 전체 특강 시리즈 개발 완료 및 계층별 취업 전략 개발, 3차 연도에는 1대 1 맞춤 취업 전략 개발 및 모든 시리즈 운영이다. 각 단계마다 배움을 계속하게 될 뿐만 아니라 단계에 맞 는 전략을 수립 및 수정할 수 있게 된다.

우리는 지금까지와는 다른 방법으로 배워야 한다. 배움에 맞춰 커 리어 전략을 짜야 하고, 인생의 전체 설계도를 작성해야 한다. 이제 는 대학 학위보다 전문 기술이 중요한 시대가 됐고, 우리는 어떤 전문 기술을 키워야 할지 신중하게 고민해야 한다. 시장에서 거래 가능한 기술의 전성기는 10년에서 15년이면 끝이 난다고 한다. 물론 그 전에 끝나는 기술들도 많다. 그렇다면 현재 가진 기술을 써먹고 나서 그다음의 기술을 준비해 놓지 않으면 안 된다. 그래서 우리에게는 다양한 포트폴리오가 필요하며 다양한 인생의 길을 준비해 놓아야 한다.

무척 어려워 보이는 일 같지만 어려운 것은 하나도 없다. 지금 필요한 기술 하나를 무조건 익히면 된다. 그것이 세상에 아무리 많은 것이라도 상관없다. 어차피 세상에 새로운 것은 단 하나도 없다는 걸 우리는 이미 알고 있다. 그 기술 하나를 만들어서 일을 다시 시작하자. 일을 하면서 계속해서 다른 일을 해야 한다. 그와 관련된 일이든, 전혀 다른 일이든 그것이 중요하지는 않다. 써먹을 수 있는 기술 하나를 마련하기 위해 배움을 놓지 않는 것이 중요하다. 그런 과정의 설계도면이 없다면 우리는 바다 위에서 갈 길을 잃고 표류하는 배와 같을 수밖에 없다.

Part 5

나는 당당하게 다시 출근한다

이제 나는 1인 기업가를 준비한다

과거에는 혼자서 비즈니스를 하는 것이 힘들었지만, 요즘은 1인 기업가로 생활하는 것이 그다지 힘들지 않은 세상이 됐다. 오프라인을 넘어 온라인으로 사업이 확대됐기 때문이다.

꿈의 직장, 신의 직장이라 불리는 곳도 물론 존재하지만 대부분의 직장 생활은 업무량이 과다하고 스트레스가 심하다. 퇴근 이후의 시간은 분명 나만의 것임에도 정중하게 그 시간을 내어 달라고 요청하는 대신 회사를 위해 희생하는 것이 지극히 당연하다는 듯 회식을 명령하는 상사가 우리의 피를 빨아먹고, 야근이 우리의 정신을 파괴하는 그런 직장들이 여전히 존재한다.

친한 동생은 한 교육청에서 일했다. 꽤 그럴듯해 보이는 직장이다. 하지만 그녀의 상사는 그녀에게 자신이 먹고 싶은 반찬을 해 오라고 요구하기도 하고, 은근히 뒷말을 하면서 사람들을 포섭해 동생을 왕따시키기도 했고, 자신의 마음에 들지 않는다며 볼펜으로 동생의 머리를 탁탁 때리기까지 했다. 아이를 둘이나 낳은 누군가의 엄마이자, 누군가의 소중한 아내인 사람에게 말이다. 이런 짓을 하는 직장 상사는 부하 직원의 피를 빨아먹는 상사임이 분명하다. 아직도 우리나라에는 이런 흡혈귀 상사들이 도처에 존재한다.

나 역시 직장에서 일하면서 우리나라 조직 문화에 신물을 느낀 적이 많다. 왜 회식이 업무의 연장선이 되어야 하는지, 왜 요즘 청년들은 나이 든 사람에 대해 최소한의 예의도 갖추지 않는지, 왜 사람이 모여 있는 곳에는 항상 뒷말과 시기, 질투가 난무하고 왕따가 존재해야 하는지 말이다. 상사가 잘못해도 왜 부하 직원은 뭐라고 단 한마디도 못 하고, 틀린 것도 틀렸다는 말조차 못 하는 벙어리가 돼야 하는 것인가. 돈은 쥐꼬리만큼 주면서 요구하는 것은 왜 그렇게 많은지 모르겠다.

구청에서 일한 적이 있는데, 그때 그 구는 취업 부분에서 서울시 전체 25개 자치구 중 하위권에 머물러 있던 곳이었다. 그래서 최상위권에 진입하기 위해 과장은 엄청나게 혈안이 되어 있었고, 상담사들 역시 그의 기대에 부응하기 위해 열심히 일하고 있었다. 그때 동료 중에 평생을 공무원으로 일한 후 상담사로서 제2의 인생을 살던 분이 있었다. 자기가 퇴직할 때의 직급보다 훨씬 직급이 낮은 공무원에게 지시를 받으면서 수십 년간 몸담았던 공직에서 다시 일한다는 게 쉽지만은 않았을 텐데 그런 것을 전혀 개의치 않는 듯했다. 남의 험담이나 해대던 꼰대들이 가득한 곳에서 자기보다 한참이나 어린 상담사에게도 절대 반말을 하지 않았고 꽤나 어른 같은 느낌이 들었다. 실적의 압박으로 열심히 일하고 있던 내게 어느 날 그 선생님은 이런 말을 했다.

"지금 하고 있는 일이 내 일인 것 같아도 그건 결코 내 일이 아니에요. 지나고 보면 내게 남는 건 하나도 없어요. 누구 하나 알아주는 사람도 없고요. 그러니 너무 열 내면서 일할 필요 없어요."

그 당시엔 그 말이 잘 와닿지 않았다. 내가 열심히 하고 좋은 실적을 내면 누군가는 나를 알아줄 것이고, 어디에 가든 그 결과에 대해 당당하게 말할 수 있을 거라 생각했기 때문이다. 얼마 지나지 않아 나는 고등학교로 자리를 옮겼고, 내가 일했던 구는 하위권에서 드디어 최상위권의 구로 진입하게 됐다. 과장이 고맙다고 밥을 사긴 했지만 그것이 내 이력에 큰 획을 긋지도, 이후에 나를 대단한 사람이었다고 기억해 주는 이도 없었다. 나는 하루에 80여 개의 일자리를 발굴하면서 서울시에까지 일 잘한다고 소문이 날 정도였지만 개인에게 돌아오는 영광은 단 하나도 없었다. 모든 공은 과장에게로 돌아갔을 테고, '구'라는, '과'라는 조직 전체로 돌아갔을 것이다.

회사의 근로자를 하나의 부품처럼 취급하고 인격적으로 대하지 않는 사람도 많다. 하나를 잃어버리면 새것으로 교체하면 그뿐이다. 근로자는 부품의 역할을 끝내고 나면 회사를 나와야 한다. 그것이 예고된 퇴출일 때도 있고 심지어 예고되지 않은 날벼락 같은 퇴출일 때도 있다. 나는 이런 부품의 역할을 나이 쉰을 넘어 예순까지 하고 싶지 않았다. 지금 그런 상황을 벗어날 수 있는 능력과 여건이 된다면 굳이 늙을 때까지 기다릴 필요가 없다. *나는 하루라도 젊을 때 좀 더 자유롭게 일하고 노예로서, 부품으로서의 삶을 청산하고 싶었다. 그래서 작가의 삶을 넘어 1인 기업가의 삶을 꿈꾸며 새롭게 출발했다.*

1인 기업가가 되기 위해서는 갖추어야 할 것이 많다. 역량과 기술, 인맥을 넘어 혼자서 모든 걸 해야 하는 경우가 많기에 에너지가 넘쳐야 하고, 긍정적인 마인드를 가져야 한다. 그렇지 않으면 작은 바람에도 이내 꺾여 버리고 말 것이며, 조금만 더 거센 바람이 불면 뿌리째 뽑혀 버릴 것이기 때문이다. 무엇보다도 자기 일과 직업에 단순히 흥미 정도만 가지고 있어서는 안 된다. 꼭 1인 기업가가 아니더라도 특별한 경력을 보유하고 유지하려는 모든 이에게 그저 흥미 정도로는 원하는 커리어를 절대 갖지 못할 거라고 이야기해 주고 싶다. 내가 누군가를 내 사람으로 만들고 싶어서 그 사람에게 구애할 때 '나는 단순히 당신에게 흥미가 있어요'라고 말하는 것만으로는 그 사람을 절대 차지할 수 없다. 그에게 내가 보일 수 있는 최선의 열정을 쏟아부어야 그 사람을 정복할 수 있다. 생각해 보면 당신도 당신의 남편이 그런 열정을 보여 주었기에 넘어가 준 것이 아닌가.

열정과 흥미는 다르다. 우리는 어떤 일을 하면서 거기에 흥미를 느낄 수는 있다. 사실, 무언가에 흥미를 갖는 것은 무엇보다 쉬운 일이다. 하지만 그 흥미를 잃기란 더 쉽다. 그렇게 좋아해서 따라다니던 사람에게도 얼마 못 가 흥미를 느끼지 않게 되고, 그렇게 갖고 싶어 하던 명품 백에도 쉽게 흥미를 잃고 마니까 말이다. 그러나 열정은 다른 차원의 것이다. 당신은 자신만의 그럴듯한 경력을 갖지 못했는데, 옆집 여자는 외제차를 몰면서 44사이즈의 몸매까지 유지하고 있다면 그녀에게는 분명 당신에게는 없는 열정이 있을 것이다. 우리는 흔히 잘나가는 여자들을 보며 그녀에게는 특별한 무언가가 있을 거라고 생각한다. 특별히 나보다 잘난 구석이 있다거나 특별히 집안이 좋다든가 머리가 좋다든가 하는 등 우리가 군이 열정을 갖지 않아도 될 그럴듯한 구실과 변명을 그녀들에게 대입하곤 한다.

얼마 전에 텔레비전 예능 프로그램에서 여자들의 워너비인 한 여자 연예인이 나와서 생활하는 모습을 보여 준 적이 있다. 동안에다 170이 넘는 키에 늘씬한 외모를 가진 그녀는 그녀가 연예인이기 때문에 그런 몸매와 얼굴을 가졌다고 생각하는 대부분의 여성들의 편견을 깨 버렸다. 그녀는 조금만 먹어도 쉽게 살이 찌는 체질이었기에 최소한의 음식을 먹고 있었다. 아침에는 과일과 채소 약간을 먹는 게 다였고, 다른 식사 시간에도 새 모이처럼 적은 양을 먹었다. 집에서도 늘 스트레칭을 하고 운동했다. 연예인이라는 직업을 가진 그녀에게는 자신의 몸과 얼굴이 돈을 벌게 해 주는 하나의 자산이기 때문에 열정적으로 자신을 관리하고 있던 것이다.

그렇다면 우리는 우리에게 돈을 벌어다 주는 경력과 일에 얼마나 많은 열정을 갖고 있을까. 어떤 일과 분야에서 최고가 되려면 열정이 있어야 한다고 누구나 말할 수 있다. 우리도 이미 그것을 충분히 알고 있지만 그것은 특별한 사람만이 갖고 있다고 믿고 만다. 열정을 가지는 것은 너무나 귀찮고 험난한 과정을 거쳐야 함을 알기 때문이다.

1인 기업가는 누구보다도 열정을 가지고 있어야 한다. 자기 사업을 하면서 열정이 없이 일한다면 곧 망하게 될 것은 불을 보듯 뻔하다. 나는 누구보다도 강한 열정을 가지고 이제 1인 기업가가 되어 내가 나를 고용한다. 그리고 내가 원하는 시간에, 내가 원하는 장소에서, 나의 네트워크 안에서 만나고 싶은 사람들만 만나면서 일할 것이다. 누구의 눈치도 보지 않고 자유롭게 일할 것이다. 내 인생에서 가장 어린 바로 이 시간에 말이다.

전업맘도 워킹맘도 스트레스 받는 건 마찬가지다

예전에 어느 외국인이 왜 한국 남자들은 퇴근 시간이 지나도 집에 갈 생각을 하지 않는지 의아하다고 말하는 것을 들은 적이 있다. 퇴근 이후에 가족과 함께하는 시간이 소중하지 않은 거냐고, 그 시간이 행복하지 않은 거냐고 반문하면서 말이다. 아이를 셋이나 키우고 있는 나의 지인은 회사에서 퇴근하면 집으로 다시 출근하는 느낌이라며 아이들을 키우는 것과 공동육아에 대한 부담감을 토로한다. 아이를 키우는 일은 힘든 일이 분명하며 아빠들에게 공동육아라는 것은 퇴근을 최대한 늦게 해서라도 피하고 싶은 과제임이 분명해 보인다.

그렇다면 하루 종일 집에서 아이들만 키우는 엄마들은 얼마나 힘들까? 나는 처음에 우아한 엄마의 모습을 꿈꿨다. 물론 우아하지 않은 엄마를 꿈꿀 엄마는 세상에 없을 것이다. 하지만 현실은 우아함의 근처에는 절대로 가지도 못한다. 아이들은 희한하게도 혼난 것을 금방 잊어버린다. 방금 전에 혼났던 일도 또 하고야 만다. 그래서 한번 혼났던 일로 또 혼나고 계속해서 혼나도 그 짓을 또 하고야 마는 구제불능 같은 존재로 가끔씩 돌변하곤 한다. 혼나는 것에 대한 공포보다도 하고 싶은 욕구와 호기심이 더 크기 때문에 이런 일이 반복되는 것이다. 나는 아들을 키우면서 그런 모습에 울화가 치민 적이 한두 번이 아니었다. 하도 소리를 질러대서 목이 아파 캑캑대던 날도 많았다.

어느 날 아는 동생이 자기 친구 이야기를 해 줬다. 아이를 향해 소리를 너무 질러댄 나머지 목이 아파 병원에 갔더니 의사가 그 친구를 보고 전문 강사냐고 물었다고 한다. 전문 강사나 가수가 아니고서야 목 상태가 어떻게 이렇게 될 수 있느냐고 말이다. 바로 성대 결절에 걸렸던 것이다. 그 이야기를 듣고 나만 그런 게 아니라는 것에 안도감도 들면서, 한편으로는 그렇게 된 상태가 짠하기도 하고 웃기기도 했다.

이처럼 아이를 키우는 엄마들은 하루에도 수십 번씩 자신의 밑바

닥을 확인하고, 그러다 자기가 이것밖에 안 되는지 자괴감에 빠지기도 하고, 화가 났다 미안했다 감정이 널뛰기를 한다. 아들만 키우기 힘드냐 하면 그것도 아니고, 아들은 아들대로, 딸은 딸대로 키우기 힘든 것은 매한가지다. 자신이 바라던 엄마로서의 이상향에서 한참 멀어진 자기 자신을 보는 것은 괴로운 일이다.

예전에 하숙을 하고 있을 때, 옆집의 젊은 엄마가 딸아이를 향해 쌍욕을 해 대는 소리를 들은 적이 있다. 대여섯 살 정도 되는 아이가 어쩌다 그릇을 깬 모양인데, 그 엄마는 참지 못하고 마구 욕을 퍼부었다. 아가씨였던 나는 그때의 새댁 모습이 이해되지 않았다. 아이가 그릇을 깰 수도 있지 그게 저렇게 화를 내고 욕까지 할 일인가 싶었다. 지금 생각해 보면 그 엄마의 심정이 너무나 이해가 된다. 아마 그렇게 되기까지 그 엄마는 정말 많은 시간을 참아 왔을 것이고 아이의 뒤치다꺼리에 진절머리가 나는 지경까지 이르렀을 것이다. 아는 동생은 딸에게 화를 내고선 돌아서면 그게 너무 미안해서 다시 사과했다가 또 아이의 행동에 불같이 화를 내는 일을 반복하면서 급기야 남편에게 정신병자냐는 말까지 들었다고 한다.

그렇다면 워킹맘은 어떨까. 아침부터 아이를 준비시켜서 어린이집에 맡기랴, 출근하랴 한바탕 전쟁을 치른다. 같은 아파트 단지 내에 사는 아들 셋을 둔 엄마는 아이 셋을 차례로 어린이집, 유치원으로 보내고 버스 정류장까지 단거리 육상 선수가 되어 달려간 후에 정류장 벤치에 앉아 겨우 화장을 한다. 그 모습을 보며 어쩌나 짠하던지 그냥 일하러 가지 말라고 말하고 싶을 정도였다. 매일 같이 그렇게 전쟁을 치르고 회사에 가서는 이 사람 저 사람의 눈치를 보며 일해야 한다. 지친 몸을 이끌고 퇴근하면 다시 어린이집, 유치원에 들러서 아이들을 픽업하고 밥을 해 줘야 한다. 나는 처음에 다시 일을 시작했을 때 도저히 저녁밥까지 할 힘이 없어서 아이를 데리고 일주일에 세 번은 외식을 했다. 그때 먹은 순대국밥이 내가 평생 먹을 순대국밥의 양과 맞먹을 정도이다.

이처럼 전업맘도, 워킹맘도 스트레스를 받기는 매한가지다. 그렇다면 내가 어떤 것에서 더 스트레스를 많이 받는지 확인해 봐야 한다. 혹은 어떤 것에 더 큰 욕구를 느끼고 있는지 생각해 봐야 한다. 회사에 다니면서 나의 커리어를 쌓고 나를 계발하고 성장시키는 시간이 필요한지, 아니면 아이를 어린이집에 보내 놓고 그 시간에는 집에서 휴식을 취하는 것이 필요한지 말이다.

어떤 동생은 집에서 아이들만 보는 것에 환멸을 느낀 나머지 다시 일을 시작하면서 아이들을 친정엄마한테 맡겼다. 그러면서 아이들을 봐 주는 대가로 자기가 번 돈을 고스란히 친정엄마에게 다 준다고 했다. 자기한테 돌아오는 돈이 하나도 없는데도 고생스럽게 일을 하고 있었다. 집에서 아이들만 보는 것보다는 차라리 자신이 버는 돈을 모두 주고서라도 일을 하는 것이 더 낫다고 했다.

첫아이를 키우면서 엄청난 스트레스를 받고 있던 나를 보고 남편은 알아서 어린이집을 알아보더니 아이를 어린이집에 보내 놓고 좀 쉬라고 했다. 처음에는 아이를 다른 데 맡기는 것에 강한 죄책감이 들었지만, 막상 보내 놓고 나니까 편하기 이를 데가 없었다. 그 시간에 잠도 더 자고 텔레비전도 보면서 여유로운 일상을 보냈다. 그런데 아이가 어린이집에 간 지 얼마 되지 않은 것 같은데 아이가 집으로 오는 시간은 금방 돌아오곤 했다. 그 시간이 다가오면 우울해졌다. 그리고 처음엔 아이를 어린이집에 보내 놓고 난 후의 여유로움이 좋았지만, 매일 똑같이 텔레비전을 보고 뒹굴뒹굴하는 내 모습이 답답하게 느껴졌다. 하루하루를 그렇게 의미 없이 보내는 건 정말 의미 없는 일이었으니까 말이다.

결국 진정한 해방은 없었다. 나는 그저 집에만 있으면서 시간을 죽이는 것보다는 밖에서 일하면서 자기 개발을 통한 자기완성을 바랄 수밖에 없었다. 일을 해도 집에 있어도 아이를 만나는 그 순간의 나는 미숙한 엄마임이 분명했다. 어쩌면 내가 미숙한 엄마이고 불완전한 엄마인 것을 받아들일 때 비로소 진정한 해방을 맞이하게 될지도 모른다. 내 능력 이상의 엄마가 될 수 있다고 믿는 건 환상에 불과하다. 지나치게 좋은 엄마가 돼야 한다는 강박이, 완벽한 엄마가 돼야 한다는 부담이 우리를 더 지치게 할지도 모른다.

이런 모습이든 저런 모습이든 분명한 건, 부모 노릇을 하는 그 자체는 말로 표현할 수 없을 정도로 힘들다는 것이다. 어찌 보면 워킹맘이냐 전업맘이냐가 중요한 것이 아니라 누군가를 돌봐야 한다는 자체가 힘들고, 나의 삶이 누군가에게 매여 있다는 것이 힘든 일이다. 내가 결코 통제할 수 없는 존재가 있다는 것, 혼자 있을 때의 자유를 이제는 느낄 수 없을 거라는 것이 우리의 가슴을 답답하게 조여 오는지도 모르겠다. 엄마라는 단어가 주는 행복감이 무척 크긴 하지만, 가끔은 연신 엄마 엄마를 불러 대며 졸졸 따라다니는 아이에게 제발 엄마 좀 그만 부르라고 한 적도 있으니 말이다.

어쩌면 우리는 온전히 나의 인격 그 자체였을 때가 그리운 것인지도 모른다. 워킹맘이든 전업맘이든 엄마로서의 모습이 아니라, 자유를 누리고 싶으면 얼마든지 누릴 수 있었던 그때가 말이다. 어쩌다 보니 엄마가 되고, 어쩌다 보니 경단녀까지 된 우리 모두가 아이가 있어도, 결혼을 했어도 우리 자신으로서 온전한 자유와 행복을 누릴 수 있기를 빈다.

지금의 월급이 나의 가치라고 생각하지 마라

예전에 특성화고등학교에서 취업지원관으로 일할 때, 그 고등학교 학생들의 최대 목표는 월급을 조금이라도 더 많이 주는 회사에 입사하는 것이었다. 그들에게는 꿈도 필요 없었고, 직업 자체도 필요 없었으며 그냥 남들한테 내세울 수 있는 월급이 필요했다. 월급은 좀 덜 받더라도 전망이 더 좋은 회사나 직업을 추천해 줘도 그들은 돈을 좇아 취업하곤 했다.

상담을 했던 한 청년은 대기업 입사를 위해 몇 년 동안 취업도 하지 않은 채 취업 준비생으로 오로지 대기업 입사만을 위해 노력하고 있었다. 어디라도 들어가서 경력을 쌓는 것이 나중에 대기업을 들어가는 데도 더 도움이 될 거라고 조언해도 듣지 않았다. 대기업을 가지 못하면 부모님이 자기를 너무나 창피하게 여길 것이라는 이유에서였다. 정말 대기업을 못 가면 자기 자식을 창피하게 여길 정도의 인격밖에 갖추지 못한 부모님이었는지, 아니면 그 청년이 그냥 지레짐작한 것인지는 모르겠지만, 몇 년을 취업 백수로 지내는 그 자체를 이미 부모님은 창피해할지도 모른다는 생각마저 들었다. 왜 그렇게 대기업에만 들어가려고 하는지 물어보면 연봉이 더 높기 때문이라고 했다. 백수를 자처하고 지낸 그 시간 동안 단 한 푼도 벌지 못한 기회비용이 아깝다는 생각은 전혀 하지 못한 듯했다.

주위에 취업을 준비하는 사람들을 보면 늘 하는 이야기가 돈이고 그것이 최대의 관심사다. 물론 자본주의 사회에서 월급은 중요한 문제다. 그런데 심지어 교사로 취업한 친구조차 교사의 월급이 적다고 투덜대는 모습을 봤다. 일반 회사에 다니는 사람들에 비하면 교사는 월급을 많이 받는 편인데도 대기업에 비하면 턱없이 적은 돈을 받는다며 그들과 자기의 능력이 뭐가 그렇게 차이가 나냐고 항변하기도 했다. 그렇다면 처음부터 대기업에 입사할 것이지 교사가 되어 놓고선 비교 대상이 안 되는 사기업 직원의 월급과 공무원의 월급을 비교하는 그 심리가 묘하게 다가왔다.

앞에서도 이야기했지만 대기업 월급은 그들이 일할 수 있는 전체의 노동 기간과 비례해서 비교해야 한다. 정년이 60세가 넘는 직업군과 50세 전에 강제 퇴직당하는 직업군의 월급을 비교한다는 것 자체가 전혀 논리적이지 않다. 예전에는 교사라는 직업이 사명감을 가진 사람들의 전유물이었는데 그마저도 없는 사람들이 단지 직업으로서만 여긴다는 것이 씁쓸하게 느껴졌다.

우리나라에는 이미 석박사가 넘쳐난다. 스펙이 뛰어난 사람도 무척 많다. 영어를 잘하는 사람도, 몇 개 국어를 소화하는 사람도 넘쳐난다. 예전에는 돈을 많이 벌 수 있었던 조건들이 현대에는 그냥 고만고만한 조건들이 된 것이다. 다들 그만한 스펙과 조건은 가지고 있다는 이야기다. 심지어 예전에는 공부에 뜻이 있고 공부를 잘하는 사람들이 대학원에 가고 유학도 갔지만, 이제는 취업이 안 되어 어쩔 수 없이 대학원으로 피신하는 사람도 많다. 돈은 많은데 국내 대학을 갈 수 없는 실력 미달자들이 유학을 하는 세태가 됐다. 즉, 예전에는 고급 인력이었던 사람들이 이제는 더 이상 고급 인력이 아니며 그들이 받는 월급 역시 하향 평준화된 것이다.

아는 동생도 석사 학위를 따고 박사 과정 중에 있는데 강의를 나갈 때 겨우 5만 원을 받는다며 투덜대곤 했다. 지금의 월급은 가끔 우리를 좌절하게 만든다. 내가 고작 이거 받자고 그렇게 공부했나부터 시작해서, 내 가치가 이것밖에 되지 않는지에 대한 끊임없는 내면의 소리가 들려온다. 하지만 지금 내가 버는 돈이 나의 가치는 아니다. 결코 돈이 나의 가치가 될 수는 없다. 가끔 자신의 지나친 가치 하락과 그에 따른 좌절감에 그냥 모든 걸 포기해 버리는 사람들을 보게 된다. 더 이상의 생산 활동도 무의미하고, 더 나아가 더 이상의 삶도 무의미하게 느껴져 허무주의자로 전락한다. 88만원 세대가 사회가 만들어 놓은 자본의 가치에 자신들의 인간적 가치를 끼워 맞추면서 삶의 소중한 것들을 스스로 포기하게 되는 지경에 이른 것처럼 말이다.

돈이 없고, 돈도 많이 못 벌어서 아이를 낳고 키우는 것을 포기했다는 여성을 만난 적이 있다. 나는 그녀가 정말 돈을 많이 못 벌어서 그런 결정을 했다고 생각했다. 나의 기준과 그녀의 기준이 물론 다르겠지만, 우리나라 평균 임금을 생각해 봐도 결코 적은 돈을 버는 것은 아니었다. 그런데도 그녀는 자본이라는 것이 주는 허상 아래 자신의 행복의 요인들을 묻어 두기로 작정했다. 돈이 없으면 아이를 키우기 힘들다는 자본주의의 허상 말이다.

매일 돈 걱정을 하면서도 거기에서 자유로워지려고 노력하는 사람들은 별로 없다. 그녀가 지금보다 더 많은 돈이 필요하다고 생각했다면 자신의 행복의 큰 요소를 포기할 것이 아니라 어떻게 하면 돈을 더 많이 벌 수 있을까를 고민해 봤어야 한다. 그랬다면 그녀는 자신의 직업에서뿐만 아니라 자신의 삶을 더 사랑할 수 있었을 것이다. 포기하는 것이 없게 될 테니 말이다.

우리는 얼마든지 지금의 수입보다 많은 돈을 벌 수 있다. 물론 지금의 월급 정도만 계속 벌게 될 수도 있다. 당신은 어느 쪽을 선택할 것인가? 평생 지금의 월급만 받다가 삶을 마감하고 싶다는 사람은 아무도 없을 것이다. 우리가 행복하기 위해서는 우리가 좋아하는 일을 선택하는 것도 중요하지만, 이미 선택한 일을 좋아해야 한다. 우리가 우리의 꿈을 믿고 직업을 선택하였든, 어쩔 수 없이 선택하였든, 이미 선택한 나의 직업에 대해서는 그것을 좋아하는 선택을 해야 한다. 그래야 우리의 직업으로 어떻게 하면 더 많은 돈을 벌수 있을지도 선택할 수 있기 때문이다.

앞으로 우리가 지금보다 돈을 더 벌게 될지 말지도 당연히 우리의 선택권에 속한다. 일을 시작할 때는 이것이 나의 운명이라고 생각하고 어느 정도 그 일을 해 봐야 한다. 그러고 나서 이 길이 나의 길인지 아닌지를 따져봐야지, 시작할 때 그 길이 내 길인지를 생각한다는 것은 모순이다. 기능과 기술이 없는 상태에서 나의 길을 논한다는 것은 그 어떤 근거도 없는 상태이기 때문이다. 중요한 사실은, 돈을 넘어서는 자신의 가치도 함께 생각해야 한다는 것이다.

나는 겨우 100만 원을 받고 일을 시작했다. 거기에서 4대 보험을 빼고 나면 실수령액은 90만 원 남짓한 돈밖에 되지 않았다. 하지만 나는 거기에 주눅 들어 본 적이 없다. 내가 평생 100만 원만 벌면서 일할 거라고는 단 한 번도 생각하지 않았기 때문이다. 실제로 이듬해에 나의 월급은 두 배가 됐다. 전보다 더 적은 시간을 일하는 자리였는데도 200만 원을 벌었다. 앞으로는 수십 배, 수백 배의 돈도 벌 수 있을 거라고 생각한다. 그렇게까지 벌 수 없게 되더라도 내가 하는 일의 가치는 그 이상의 가치이기 때문에 결코 좌절하지 않는다.

위험은 변화하지 않는 이들에게만 찾아온다고 한다. 우리가 작년과는 다른 삶을 살게 되고, 5년 후가 기대되는 삶을 산다면 지금의 월급은 전혀 중요하지 않다. 나의 기대만큼, 나의 변화만큼 우리의 미래는 변할 것이기 때문이다. 내 가치는 현재에만 머물러 있지 않고 미래에도 존재하기 때문이다.

나의 가치는 내가 정한다

우리는 어렸을 때부터 남들이 정해 놓은 나의 가치가 진짜 나의 가치인 줄 알고 살아왔다. 누군가가 나를 1등이라고 하면 1등 인생으로 살았고, 꼴찌라고 하면 꼴찌 인생을 살았다. 누군가가 나의 노동력이 88만 원이라고 하면 나는 88만 원 정도의 사람인 줄 알고 절망하며 살았고, 누군가가 나를 왕따시키면 나는 사람들에게 사랑받기 힘든 존재인 줄 알고 살았다. 우리는 늘 다른 사람들의 평가에 이끌려 다니고, 다른 사람들이 규정하는 대로 나를 맞추며 살아간다.

나는 사실 친한 친구, 소위 말하는 절친이 별로 없다. 내 속의 아픈 것들을 누군가에게 꺼내 놓은 적이 거의 없다. 어느 날은 누군가에게 나의 비밀을 말했더니 다음 날 모두가 공유하는 정보로 둔갑해 있었고, 나의 상처를 말했더니 그것이 약점이 되어 돌아온 적도 있었다. 그래서 내 가정환경을 누가 알까 봐 감추기에 급급했다. 그러다 보니 누군가의 이야기를 들어주고 비밀을 들어주기는 해도 정작 내 이야기를 다른 사람에게 털어놓은 적은 단 한 번도 없었다. 나는 그 정도가 나의 가치라고 여기면서 살았다.

누가 나의 이미지만 놓고 나를 배척할 때 나는 그냥 그런 취급이나 받는 나를 넋 놓고 보고 있었고, 내 앞에서 대놓고 함부로 말하는 사람에게 단 한마디도 하지 않고 나 자신을 그 상태에 방치해 버리기도 했다. 나를 우습게 보며 예의 없이 구는 사람들을 보면서도 아무 말도 안 하고 그냥 모르는 척했다. 그런데 나의 그러한 행동들이 나의 가치를 스스로 바닥에 내팽개쳐 버리는 행동임을 알게 됐다. 그 모든 결과는 자존감이 낮은 나에게서 비롯됐던 것이다. 누군가가 나를 그렇게 여기고 대한다면 나는 그것을 거부해야 했다. 나의 모든 역사가 전혀 부끄러울 것이 없었음을 깨달아야 했다.

나의 가치는 다른 사람에 의해 검증될 수 없다. 나의 스토리는 돈으로는 따질 수 없을 만큼의 가치를 지닌 것이다. 이런 사실을 깨닫고 받아들일 때 나의 모든 것에 대한 진정한 가치를 다시, 제대로 매길 수 있게 된다.

우리는 특별한 경험을 한 사람들의 이야기에 가격을 지불하는 시대에 살고 있다. 그것이 그만의 것이라고 생각하지 않고 그 이야기를 통해 다양한 가치관과 교훈을 얻는 데 시간과 비용을 아끼지 않게 된 것이다. 스타급 강사들은 한 시간 특강비가 웬만한 봉급자의 월급과 비슷하다. 심지어 미국의 강연가 중에는 한 번 강연하고 수백을 넘어 수천, 수억 단위의 돈을 받는 사람들도 있다. 우리나라는 남의 경험이나 생각을 들으면서 그로부터 어떤 가치관과 배움을 얻는 데 아직까지는 그렇게 큰 가격을 매기지 않지만, 미국에서는 다른 사람의 고유한 지적 자산에 엄청난 가격을 매기고 있다. 우리나라에도 머지않아 이런 현상들이 지금보다 더 보편화될 것이다. 이것이 바로 자신의 지식, 경험, 노하우에 대한 퍼스널 브랜딩이다. 자신의 브랜드 가치에 스스로 가격을 책정하는 것이다.

나는 커리어코치 및 직업상담사로 일했던 경험과 그 과정에서 쌓았던 지식과 노하우를 컨설팅 및 프로그램을 통해 여러 가지의 형태로 구직자들에게 전달한다. 그와 더불어 같은 직업을 가진 직업상담사들에게 실전 기술과 실무를 익힐 수 있는 교육도 할 수 있다. 나만이 겪었던 경험, 즉 시련과 아픔, 고통과 상처들을 어떻게 극복하여 살아남았고 성공했는지를 강연 형태로 전달할 수도 있다. 그러면서 내가 제공하는 모든 콘텐츠의 가치를 내가 정하게 된다.

자신만의 고유한 자산을 가진 사람은 누구라도 1인 기업가가 되어 퍼스널 브랜딩하고 인생의 제2막을 위한 부의 파이프라인을 구축할 수 있다. 저자본, 저위험으로 우리의 지식과 경험을 자본으로 바꿀 수 있는 것이다. 우리가 가진 어떤 것도 콘텐츠가 될 수 있다. 아이를 키우면서 겪었던 별것 아닌 듯했던 경험들도 고유한 콘텐츠가 될 수 있다. 어느 한 분야에서 오랫동안 자신의 전문 지식과 경험을 축적해 온 사람들은 그것을 콘텐츠화하여 상품화할 수 있다.

내가 아는 여성은 아이를 키우면서 아이가 많이 아팠던 경험을 자신이 운영하는 블로그에 올리기 시작했다. 그리고 가족들이 그 아픔을 어떻게 극복했는지 썼다. 비슷한 고통을 겪는 사람들에게 정보도 전달하고 자신만의 노하우도 함께 알렸다. 많은 사람들로부터 수백 통의 메일이 왔고, 더 많은 이들에게 정보를 전달하기 위해 유사한 경험을 한 사람들과 단체를 만들었다. 지금은 전국 각지로 강연하러 다니며 아이가 앓았던 병에 대해 홍보도 하고 있다.

나란 존재는 어떤 누구도 대신할 수 없다. 내가 경험한 것 역시 어떤 누구도 대신해 줄 수 없다. 어느 플랫폼에 내 지난날의 이야기를 쓰기 시작했을 때 그것을 읽은 구독자들의 대다수가 희망을 얻게 됐다고 했다. 자신보다 더 힘든 사람은 없는 줄 알았는데, 훨씬 더 힘든 사람도 이렇게 살아남았고 잘 살고 있다는 것을 알게 돼 고맙다고 했다. 부끄럽게만 여겨 왔던 나만의 스토리는 삶을 포기하려고 하는 사람에게 한 줄기 빛이 될 수도 있고, 꿈을 잃고 좌절하는 사람에게 다시 꿈을 꾸게 하는 계기가 될 수도 있다.

이처럼 아무것도 아닐 것 같은 나의 이야기도 콘텐츠가 되어 그것이 책으로, 상담으로 그리고 강연으로 이어질 수 있게 되었다. 자신만의 영업 노하우, 독서 노하우, 심지어 애완동물을 잘 기르는 노하우 등 어떤 것이라도 콘텐츠가 될 수 있고 그것이 곧 나의 이름이 될 수 있다. 나만의 고유한 영역이기 때문에 그에 대한 가치 역시 내가 책정하면서 말이다.

그렇다면 어떻게 나의 이름을 알릴 것인가? 자신의 이름으로 된 저서가 있다면 가장 쉽게 자신의 이름을 브랜딩화할 수 있다. 저서가 없더라도 나를 알릴 방법을 만들어야 한다. 사람들은 나의 인격과 마음에 대해서는 알 수 없다. 사실 대중들은 그런 것에 관심이 없을 수도 있다. 되도록 많은 사람들이 나의 탁월함을 알 수 있도록 다양한 플랫폼을 활용해야 한다. 포털에서 나의 이름이 검색될 수 있을 정도가 되면 가장 좋겠지만 우리 모두가 그렇게까지 유명해질 수는 없으니, 블로그 및 카페를 비롯해 페이스북, 카카오스토리, 인스타그램 등 각종 SNS에 내가 하고 있는 활동 및 내가 가진 기술 등을 홍보해야 한다.

어떤 키워드로 검색되고 싶은지 정하고 가장 간편한 블로그부터 시작하는 것도 좋다. 어떻게 하면 블로그를 잘할 수 있는지, 어떻게 하면 SNS를 잘 활용할 수 있는지 그 방법상의 문제를 담은 책은 서점에 널려 있으니 단 하루만 투자하면 지식 습득은 쉬울 것이다. 굳이 수천, 수만 명의 사람들이 드나드는 인기 블로그를 만들 필요는 없다. 나의 전문성을 담을 전문 블로그를 운영하면 된다. 어떤 사람이 나의 블로그에 들어왔으면 하는지 타깃을 정한 후 어떤 목적으로 운용할지를 정하고 대외용으로 사용하면 된다. 가급적 인터넷이라는 바다에 나에 대해 아주 널리 알려야 퍼스널 브랜딩할 수 있고 나의 가치를 높일 수 있다.

자신이 원하는 삶을 사는 사람의 얼굴은 핑크빛으로 빛이 난다. 예비역에게 산은 고역이지만, 등산객에게 산은 즐거움 그 자체다. 누군가가 나의 가치를 정하고 거기에 이끌려 다니는 노예로 살 것인지, 내가 나의 가치를 직접 정하는 내 인생의 진정한 주인으로 살 것인지에 대해 우리는 이제 결단을 내려야 한다.

내 안에는 무수히 많은 잠재력이 있다

초등학교 3학년의 어느 날, 나는 무용반에서 열심히 스트레칭을 하고 있었다. 무용반 선생님이 그런 나를 보더니 재능을 썩히기엔 너무 아깝다며 엄마한테 무용 학원에 보내 달라고 말씀드려 보라고 했다. 재능이라는 말을 듣는 순간, 무용 선생님한테 인정받았다고 느낀 나는 너무 신이 나서 학교를 마치고 당장 집으로 달려갔다. 그 소식을 엄마에게 전하면 엄마도 당연히 기뻐할 줄 알았다. 딸이 누군가에게 인정받았다는 소식이니까.

하지만 엄마는 아무 말이 없었다. 무언가를 씻고 있었는데 뒤도 돌아보지 않고 아무 반응도 없었다. 그리고 마침내 한숨을 쉬더니 그

걸 하려면 돈이 얼마나 드느냐고 물었다. 사실, 물었던 것도 아니다. 그게 도대체 얼마냐고 이야기하는 건 그게 돈이 얼마나 드는데 그런 걸 시켜 달라고 하느냐는 뜻이었다. 나는 아무 말도 하지 않았다. 돈이 없으면 아무리 재능이 있어도 할 수 없는 세상이라는 걸 느끼고 더 이상 아무 말도 할 수 없었다. 그 이후로 나는 무용반을 그만두었다. 해 봐야 할 수도 없는 일을 괜히 하면 속만 상할 것 같았다.

우리는 가끔 내 안의 재능을 발견하기도 하고, 끝내 발견하지 못하기도 한다. 그것을 다른 사람에게 인정받기도 하고, 인정받았지만 현실에 가로막혀 끝끝내 실현할 수 없을 때도 있다. 한번 꺾인 날개는 누가 붕대라도 칭칭 동여매 주지 않으면 쉽게 낫지 않는다. 하지만 어느 누구도 자기 안에 재능이 한 가지만 있는 사람은 없다. 우리가 그것을 발견하지 못했을 뿐 우리 안에 있는 잠재력은 늘 우리 눈에 띄고 싶어 한다. 내가 겪었던 상처를 치유하는 유일한 방법은 내 안에 잠든 가능성을 새롭게 발견해 주는 것이다. 그래야 꺾인 재능을 위로할 수 있다.

자본주의 사회에서 돈이 없다는 것은 곧 죄를 지은 사람과 똑같은 취급을 받게 된다는 것을 느낀 적이 많았다. 셋방살이를 하면서 아버지는 주인 할아버지의 아들에게 두들겨 맞은 적이 있다. 어린 나이에 코앞에서 두들겨 맞는 늙은 아버지를 보면서도 아무것도 할 수 없다는 무력감은 어떤 말로도 표현할 수 없을 정도의 경험이었다. 초등학교 2학년 때는 급식비를 가져오지 않았다고 반 친구들이 모두 있는 자리에서 담임선생님에게 꾸지람을 들었던 적이 있다. 그때의 비참했던 기억이 수십 년이 지난 지금에도 잊히지 않는 걸 보면 어린 마음에 상처가 많이 되었나 보다. 가난으로 인해 차별받고 무시당하는 많은 일을 겪으며 나는 권력을 가질 수 있는 직업들을 나열해 보기 시작했다. 겨우 초등학생이었는데도 나는 권력을 가지고 그것을 사람들에게 휘두르고 싶었다. 그래서 검사, 국회의원, 군인 등등의 꿈을 키웠다. 나도 누군가를 짓밟고 싶었다. 그러면서 나는 점점 더 뾰족한 고슴도치가 되어 갔다.

하지만 하나님은 나를 사랑했는지, 어떠한 권력도 내 곁에 두지 않았다. 어떠한 무기도 내 손에 쥐여 주지 않았다. 다른 사람들을 향해 그것을 휘둘러 대다 결국 나 자신을 해칠 것이라는 걸 알았기 때문이다. 그것을 깨닫게 되기까지는 상당히 오래 걸렸다. 나는 엄마가 되기 전까지 내 안에 그렇게도 많은 상처가 있다는 것을 알지 못했다. 덮어 버리고 철저히 봉인해 버렸기 때문이다. 어느 순간부터 나는 나의 상처를 들여다보지 않았고 나의 내면을 마주하지 않았다. 그것을 마주한다는 것은 너무나 아팠기 때문이다.

그러다 부모가 되어 처음으로 내 안의 상처들을 마주했을 때 정말 많은 눈물을 흘렸다. 상처의 흉터가 너무 깊어서 어떤 첨단 레이저로도 없앨 수 없을 것 같았다. 나는 그 상처를 달래기 위해 시를 짓기 시작했고, 글을 쓰기 시작했다. 나의 모든 어지러운 역사를 글에다 가두어 둘 거라고 다짐했다. 글을 쓰는 매일을 울었지만, 한참을 울고 한참을 글을 쓴 후 드디어 평화가 찾아왔다.

　나는 나의 스토리로 다른 사람을 살리고 싶었다. 그전에는 사람을 죽이는 데 마음을 쏟아부었다. 마음으로 누군가를 미워하고 죽이기를 반복했으니까. 하지만 내가 나를 위로하고 나의 상처들이 터져 나오는 길을 터 주자 튀어나왔던 가시가 잘려 나가기 시작했다. 죽어 가는 영혼 하나를 살릴 수만 있다면 어떤 누구에게라도 나의 이야기를 하는 것이 부끄럽지 않다고 생각했다. 특히 나는 어려운 가정형편 때문에 자신의 꿈을 포기하거나 가정폭력 때문에 자신의 삶 자체를 포기한 아이들에게 나의 이야기를 들려주고 싶었다. 그래서 작가가 되기로 마음먹었고 유명해져야겠다고 생각했다. 어떻게든 많은 사람에게 나의 이야기를 들려주고, 죽지 않고 살았더니 이렇게 꿈을 이루게 되는 날이 왔다고 이야기해 주고 싶다. 비전과 소명이 나를 사로잡았다. 그렇게 되니 그것을 이룰 수 있는 길이 서서히 열리기 시작했다. 그전에는 꿈이라고 불렀던 것들 앞에 있는 문이 절대 열리지 않았는데 말이다.

남을 찌르고 결국에는 나를 해치는 꿈은 진정한 꿈이 될 수 없다. 결코 이루어지지도 않는다. 만약 이루어진대도 행복하지 않을 것이다. 꿈이라는 것은 나를 향하고, 사람들에게도 좋은 영향력을 미칠 수 있어야 꿈으로서의 가치를 갖게 된다. 우리 안에는 나를 깨우는 잠재력과 다른 사람을 깨우는 잠재력이 동시에 존재한다. 어떤 사람은 그 잠재력 모두를 깨우지 않는 사람이 있고, 하나만을 깨우는 사람이 있고, 그 둘을 동시에 깨우는 사람도 있다. 나의 생명력을 발휘해서 나뿐만 아니라 세상을 살리는 힘을 발휘하는 사람에게는 그 잠재력이 더 큰 힘을 가져오고 그에 기반을 둔 꿈은 더 큰 꿈이 되어 돌아온다.

삶의 궁극적인 동력은 자기로부터의 혁명에서 시작되어야 한다. 내적 자발성의 실천가로서의 자발적 생명력을 가진 사람은 자신의 욕망만을 추구하는 것이 아니라 개별적 주체들을 존중하게 되고 진정으로 강한 사람이 될 수 있다. 또한 유연해질 수 있다. 유연해진 사람은 어떠한 가치도 창출할 수 있고 다른 사람을 수용할 수 있게 된다. 이것이 진정한 자기 삶의 주인으로 살게 되는 시발점이 된다.

우리는 어떤 것이든 생산할 수 있다. 우리는 언제든지 나로서 살 수 있다. 욕망에 끌려다니는 것이 아니라 욕망의 주인, 욕망의 실행자가 되어 나의 존엄을 침해하는 어떤 것에도 저항하면서 살 수 있다. 나는 매일매일 내 안에 있는 잠재력을 발견하면서 산다. 이전에는 나 자신을 사랑하기가 힘들었다. 어디 가서든 주눅이 들기 일쑤였고, 그것을 들키고 싶지 않아 강한 척했다. 내가 너무나 보잘것없어 보여서, 아무것도 가진 게 없어서, 아무것도 할 수 있는 능력이 없어서 나 자신을 사랑할 수 없었다. 하지만 나는 내가 할 수 있느냐 없느냐에 따라 나 자신을 사랑하기로 결정한 것이 아니라 나의 존엄함을 깨달았기 때문에 나 자신을 사랑하기 시작했다.

나는 자존감이 무척 낮았고, 내가 얼마나 아름다운 존재인지를 몰랐다. 늘 나는 머리가 나쁘다고 생각했다. 물론 덕분에 남들보다 더 많은 노력을 하긴 했지만 말이다. 누가 조금만 나에 대해 칭찬해도 그 상황을 못 견뎠고, 때로는 누군가가 예쁘다고 하는 말조차도 나를 창피하게 만들려고 하는 말이라고 오해한 적도 있을 정도다. 하지만 부끄럽게 여겼던 역사를 남을 살리기 위한 역사로 만들고, 내 안에 있는 잠재력을 하나씩 발견하면서 스스로를 자랑스럽게 여기기 시작했다. 그랬더니 나의 내면을 단단하게 만들게 됐고, 나에 대한 무한 신뢰와 무한 사랑을 갖게 됐다. 우리 안에는 나의 기초를 다시 단단하게 다질 수 있는 능력이 무궁무진하다. 그렇게 하기로 마음만 먹으면 된다.

우리는 이제 과거를 이야기하지 않아야 한다. 과거에 내가 얼마나 힘들었는지, 과거에 내가 얼마나 비참했는지를 더 이상 이야기하지 않아도 될 정도로 지금을 더 좋은 시간으로 만드는 것에 집중해야 한다. 지금 가진 것에 감사할 줄 알게 되면 더 새로운 것들이 들어올 공간이 생긴다. 아직도 발견하지 못한 나의 재능과 잠재력을 발견하는 기쁨을 마음껏 누려야 한다. 나는 어떤 모습의 사람도 될 수 있다고 나 자신에게 마음의 문을 활짝 열어 둔다면, 발견할 수 없었던 잠재력을 언제든지 만나게 될 것이다.

오늘, 나는 어제보다 행복하다

한때 내 삶은 여기저기서 날아오는 총탄을 피해야 하는 전쟁터였다. 아버지는 늘 바람을 피웠고, 부모님이 다리 위에서 동반자살을 시도하는 것을 공포에 질려 바라보기도 했다. 그래서 남자를 믿지 못했고 결혼에 대한 아무런 기대와 소망이 없어 결혼하게 되리라고는 생각지도 못했다. 아버지는 언젠가 엄마가 도망갈지도 모른다는 말을 자주 했고, 나는 늘 엄마가 도망가 버릴까 봐 두려웠다.

돌봄과 사랑을 제대로 받지 못했던 탓에 부모가 되어 아이를 키우면서는 내 자식이지만 사랑을 쏟기가 힘들었다. 사랑을 많이 받아봤어야 사랑받은 기억으로 그 사랑을 자식에게 줄 수 있을 텐데 없는 것을 짜내야 하는 느낌에 절망스럽기도 하고 억울하기도 했다. 다른 사람들은 결혼하면 부모의 심정을 이해한다는데, 나는 결혼 후에 부모라는 사람들이 이런 것도 제대로 못 해 줬나 하고 원망하는 마음만 깊어졌다. 이러한 일련의 역사들로 인해 늘 사람들과 일정한 거리를 두기에 여념이 없었고, 내 마음을 숨기기에 바빴다.

사람들이 나에 대해 알게 되면 그들은 나를 결코 받아들일 수 없을 거라고 생각했지만 남편을 만나 결혼하고 내 속의 것과 나의 과거 일들을 털어놓았을 때 남편은 나에게 대단하다고 말해 줬다. 그렇게 살아남은 것이 대단한 일이라고 했다. 아마 그것이 많은 사람에게 울림이 되어 줄 거라고 했다. 한 사람에게 털어놓고 나니 용기가 생겼다. 털어놔도 내 편인 사람은 그것을 충분히 받아 준다는 믿음이 생겼고, 그런 믿음이 생기니 다른 사람들에게 털어놓을 수 있는 용기도 생겼다. 내 편이 하나도 없어 늘 외로운 마음으로 살았는데 내 편이 생겼다는 사실은 나를 상처로부터 자유롭게 해 주었다.

믿음과 용기는 서로 순환하는 관계다. 단 한 사람이라도 나를 믿어 주고 지지해 주는 사람이 곁에 있다면 사람들은 쉽게 생을 끝내지 않는다고 한다. 한 사람의 믿음이 죽음을 생각한 사람을 살리고, 한 사람의 용기의 말이 그를 다시 일어서게 하는 동력이 된다. 한 사람에게 마음을 열고 용기를 얻으면 더 많은 사람에게 마음을 열 수 있게 된다. 그전에는 나약함을 들키고 싶지 않아서 독불장군 행세를 하고 남의 도움도 거부했던 마음이 점점 풀리기 시작한다. 믿음과 용기는 겸손하고 진실하게 남의 도움을 받고 도움도 주며 함께 살아가는 법을 알게 한다.

임상심리학 시간에 TCI(Temperament Character Inventory) 검사를 했다. 타고난 기질과 만들어진 성격에 대해 알아보는 검사다. 미국에서 만들어진 거라 우리나라 사람들에겐 다소 맞지 않는 부분도 있다고 했으나 어쨌든 교수님이 학생들에게 검사를 받게 했고 결과지를 가지고 서로 이야기를 나누도록 했다. 기질은 유전적으로 타고나는 것으로 바꿀 수 없는 고유한 특성이고, 성격은 자라온 환경과 부모의 양육 태도와 경험에 의해 만들어진 것으로 노력해서 바꿀 수 있는 후천적인 특성이다.

내게 주어진 기질은 다소 우울하고, 음침하며, 마치 땅 위를 기는 것과 같은 그런 차원의 것이리라 예상했다. 나는 가끔 축축한 땅속을 기어 나와 꿈틀꿈틀 온몸으로 뜨거운 아스팔트 위를 걷다가 그 자리에서 그만 화석으로 굳어지거나 누군가에게 밟혀 죽고야 마는 지렁이 신세인 것 같은 느낌에 빠져들곤 했으니까. 그런데 검사 결과는 뜻밖에도 내가 예상했던 기질과는 전혀 다른 기질을 가진 사람으로 나왔다. 나의 기질은 한마디로 '유쾌한'이었다. 여유롭고, 낙천적이고, 근심이 없고, 자신감 있고, 낯선 환경도 두려워하지 않는 것이 내게 주어진, 내가 타고난 기질이었다.

그에 비해 살면서 형성된 성격은 권위주의적이고, 경쟁심이 많고, 목적을 중요하게 생각하여 아랫사람을 몰아붙이기도 한다고 나와 있었다. 결과지에 나와 있지는 않았지만, 나는 다소 불안도가 높고 예민하며 낯선 환경이나 위험을 회피하고 싶어 하는 것이 내가 아는 나의 성격이었다. 그것이 지금의 나였던 것이다. 유전적으로 타고난 나의 기질과 만들어진 성격이 너무나 상반된 결과로 나와서 놀라지 않을 수 없었고, 심지어 눈물이 나올 지경이었다. '다른 부모 밑에서 컸더라면, 좋은 환경에서 자랐더라면' 이런 가정들을 참 많이도 하고 살았다. 그랬더라면 타고난 기질대로 낙천적이고, 여유롭고, 걱정 없고, 낯선 환경도 두려워하지 않는 좀 더 편안한 사람으로 살고 있었을지도 모르겠다.

나는 나에 대해 생각해 봤다. 그래, 나는 웃음이 많고, 유머 감각도 있고, 리더십도 있고, 처음 보는 사람과도 낯을 가리지 않고, 밝고 명랑하기까지 하다. 이게 내가 가진 본래의 모습들이다. 그런데 나를 지지해 주고 내 편이 되어 주는 사람들이 없다고 생각하면서 나는 때때로 위축되고 우울하기도 했으며 자신감도 사라지기 시작했다. 나에게 주어진 낙천적인 힘과 여유로움, 두려움이 없는 기질들은 이제 작아질 대로 작아져서 나조차도 내 안에 그런 모습이 있었다는 것을 까맣게 잊고 지냈다. 자신감이 넘쳐 다른 이에게 거침없어 보일 수도 있는 것이 내 본래의 모습이었건만, 나는 내 안에서 자신감을 찾을 수가 없었다.

아버지는 내가 어렸을 때부터 나를 아무 데도 가지 못하게 했다. 옆 동네조차 놀러 갈 수가 없었다. 아버지는 불안감이 높은 사람이어서 내가 어디에 가는 것도 못 견뎠고, 나는 그런 불안감을 고스란히 물려받게 되었다. 나는 모험심을 키울 수 있는 경험 자체를 해 보지 못했다. 그런데 살면서 나를 관찰해 보니 나는 새로운 일에 도전하는 것에 별 두려움 없이, 거침없이 일단 덤벼들고 보는 성격이었다. 내가 이렇게 대범한 사람이었나 하고 스스로 놀랄 정도로 말이다. 내게 도전 정신이 없고 새로운 것을 받아들이는 데 열린 마음을 갖지 못했다면 지금처럼 이렇게 새로운 일에 도전하는 것조차 주저하고 있었을 테고 지금 내게 주어진 어떤 것도 갖지 못했을 것이다.

우리는 오히려 다른 사람을 관찰하고 다른 사람들에 대해 이야기하는 것에 익숙하고 심지어 잘하기까지 하는데 정작 자신을 들여다보고 자기 자신에 대해 이야기하고 자신의 모습을 관찰하는 데는 미숙할 때가 많다. 자기 자신에 대해 오해하고 있을 때도 많다. 전혀 그런 사람이 아닌데 나 자신을 못난 사람으로 믿고 그렇게 사는 사람도 있고, 나처럼 원래는 자신감이 넘치는 사람인데도 스스로를 축소시켜 버리는 사람도 있다. 나는 이제야, 결혼을 하고 나서야, 부모가 되고 나서야 나를 만나기 시작했고 나에 대해 오해를 풀고 이해하기 시작했다. 그 옛날의 어렴풋이 떠오르는 밝은 미소를 가진 얼굴을 되찾기 시작했다.

예전에 EBS에서 방송한 〈마더 쇼크〉라는 프로그램을 본 적이 있다. 여자는 엄마가 되고 나서야 비로소 자신이 부모에게 받은 상처를 들출 수 있으며 그것이 내 자식을 대하는 나의 모습에서 드러난다고 한다. 부모가 나와 스킨십하는 것을 싫어했다면 나도 지금 내 자식과 하는 스킨십을 못 견디게 되고, 내가 부모로부터 차별을 받고 자랐으면 내가 내 자녀들을 그렇게 대하게 된다는 것이다. 내가 지금 부모가 되어 하고 있는 대부분의 생각과 행동들을 엄마로부터 물려받았다는 이야기다. 자신의 모습을 통해 우리는 나의 아이도 보게 되지만, 어렸을 때의 나와 내 안에 있는 상처를 만나게 된다. 내가 나를 만나 주고 내가 나를 기다려 줬을 때 우리가 우리 아이를 대하는 태도도 달라지지만 지난날의 나의 얼어붙은 마음도 녹일 수 있게 된다. 어제를 끊고 오늘을 살기 위해서는 나를 만나야 한다. 울고 있는 나를 달래 주는 용기가 필요하다. 그런 후에야 우리는 진정한 나의 모습을 찾아 나설 수 있다.

나는 과거에 집이 없어 여인숙에서 살고 셋방살이를 했지만, 지금은 그리 넓지는 않아도 좋은 아파트에서 산다. 그전에는 누군가에게 받아들여진다는 느낌을 받은 적이 없지만, 이제는 나를 지지해 주고 응원해 주는 가족과 동료들이 생겼다. *우리에겐 건강한 홀로서기가 필요하고 건강한 함께 살아가기가 필요하다. 삶은 누군가를 기다려 주는 데서 완성된다. 나를 기다려 주는 것으로 온전해진다. 기다려 준다는 것은 나의 상처를 그대로 인정한다는 말이다.*

오늘날의 기술은 특정한 기억만 없애 주는 약이 생겼을 정도로 발전했다고 한다. 나는 그 약을 먹어서라도 내 인생의 상처를 잘라내고 싶었다. 하지만 그것은 지금 나에게 엄청난 자산이 됐다. 그런 기억과 상처들이 없었더라면 나는 글을 쓸 수 없었을 것이고, 작가도 될 수 없었을 것이다. 다른 사람들의 인생의 고단함과 낙오자들의 울분을 알 수 없기에 메신저도 될 수 없었을 것이다. 나는 그전에는 가진 것이 하나도 없는 사람이었지만, 지금은 많은 자산을 가지고 있다. 용기를 가지게 됐고, 자존감을 높이게 됐다. 모험심을 찾게 되면서 새로운 직업들도 갖게 됐다. 그리고 눈물을 흘리는 날들보다 웃는 날들이 더 많아졌다. 그래서 나는 결심한다. 오늘, 어제보다 더 행복하기로.

7
나는 미래의 나에게 박수를 보낸다

예전에 나는 모든 관심과 내면을 바깥으로 돌리고 살았다. 외부에서 발생하는 일들로 비참하고 참담한 기분에 빠져든 적이 많았고, 늘 누군가의 시선으로 나 자신을 바라보았다. 잘나가는 사람들의 뒤꽁무니만 바라보는 맥 빠진 느낌에 사로잡힌 적도 많았고 남의 말 한마디에 쉽게 휘둘리곤 했다. 바람에 자신의 몸을 내맡긴 채 자신의 의지와 상관없이 흔들리는 길거리 풍선 인형처럼 말이다.

어느 날 친한 동생이 친구의 SNS를 보다 보면 우울한 느낌을 지울 수 없다고 했다. 자기는 청소도 제대로 못 해서 집이 늘 엉망인데, 그 친구는 아이도 잘 키우고, 음식도 잘하고, 게다가 직장까지 다니

는 만능이라며 말이다. 자기는 친정 부모님께 애들을 맡기고 일을
하고 돌아오면 아이들을 돌볼 여력도 없는데 친구는 퇴근하고 맛있
는 저녁을 차리는 건 물론 아이들과 놀잇감까지 만든다는 것이다.
친구가 SNS에 올린 사진을 보면 자신의 모습이 너무 초라하게 느껴
지고 끝도 없이 비교되면서 바닥의 깊이를 알 수 없는 우울함이 밀
려온다고 하소연했다.

SNS는 찰나의 행복을 담는 공간이다. 그곳에 슬픈 사람은 거의 없
다. 우리의 영원한 행복 속으로 순간의 행복을 끌어들여 비교하다
보면 자기혐오에 빠질 수밖에 없다. 자기애와 자기혐오의 간극이
크면 클수록 우리는 과거에 갇히게 된다. 자기혐오가 몰려오면 리
트머스 종이에 수용액 한 방울을 떨어뜨리듯, 자기애로 자기혐오를
물들이지 않으면 안 된다. 그래야 더 이상 남과 비교하며 나 자신을
환멸의 구렁텅이로 몰아넣지 않게 된다.

자기애를 높이는 방법은 한 가지밖에 없다. 나 자신으로부터 탈출
하고 온몸으로 세상을 맞이하는 것이다. 부정적인 감정과 비교하는
감정에 포커스를 두지 말고 마음으로부터 들려오는 신호와 소음을
구별할 줄 알아야 한다. 세상에 대한 지배적 원칙을 믿으며 경쟁적
이 되고 사소한 정보에 집중하다 보면 불안해지기 마련이다. 그런
불필요한 소리들은 잡음이 된다. 마음속 잡음과 소음을 몰아내고

긍정적인 정보에 관심을 두게 되면 우리가 나아가야 할 신호에 비로소 귀를 기울일 수 있게 된다.

외로움이 오래되면 점점 내면의 문을 닫게 된다. 일본의 소설가 마루야마 겐지는 "아찔한 자유의 문은 현실과 투쟁하는 것을 기피한 자 앞에서 닫혀 버릴 것"이라며 "투쟁이야말로 현실 안에만 숨겨져 있는 진정한 보물을 발굴하는 것이고, 나아가 이 세상을 살아가기 위한 유일무이한 길"임을 강조한다. 또한 "동식물에게 끊임없는 시련과 정면충돌은 필수 조건이며, 그것이야말로 삶의 증거"이고 "시련과 정면충돌을 빼고 진정한 행복감에 직결되는 생명의 빛은 절대 있을 수 없다."고 말한다. 즉, 외로움과 고립에서 벗어나기 위해서는 현실의 문을 열고 진정한 자유를 누려야 한다는 것이다. 현실에서 겪는 투쟁이야말로 살아 있음을 느끼게 해 주기 때문이다.

우리는 이제 동굴에서 나와야 한다. 가족들로만 구성된 공동체를 벗어나 더 큰 공동체에서 생활해야 한다. 그것이 시련과 정면충돌할 수 있는 기회이며, 진정한 성공과 행복에 이르는 길이기 때문이다. 그래야 우리는 내면의 외로움을 벗어 버릴 수 있다. 온라인 세상과 오프라인 세상이 우리의 삶에 적절히 혼재돼 있어야 삶의 균형을 유지할 수 있다. 나의 일과 가족의 일이 적당한 비율로 섞여 있어야 나를 잃지 않고 다른 역할도 잃지 않게 된다.

사람은 심리적으로 어딘가에 속하고 싶은 마음과 어디로부터 경계를 짓고 싶은 마음이 공존하는 존재다. 둘 사이에는 적당한 거리감을 유지하는 것이 필요하다. 그래서 세상의 끝에서만 서 있어도 안 되고, 자폐의 유혹에 빠져서도 안 된다. 그것이 내가 사는 세상과 세상 속의 나에 대한 애정과 사랑을 지속해 주는 방법이다. 나의 어떤 모습도 온전히 보듬어 주는 공간과 내가 추구하는 가치를 실현시켜 줄 공간이 공존하는 삶을 살아야 우리는 자연스러운 나로, 자연의 일부로 살아갈 수 있다.

우리의 삶은 슬프면서도 동시에 기쁜 것으로 가득 차 있다. 다음의 행복으로 이전의 아픔을 잊게 되고, 지금의 상처들과 그 흔적들은 옛날 사진처럼 남게 될 것이다. 모든 것이 괜찮다고 말해 주는 사람이 곁에 있을 것이고, 불량품인 것 같은 나 자신이 지독히도 아름다운 존재임을 알게 될 날이 온다. 눈에 보이지 않는 별들도 모두 제각각의 빛을 내고 있듯이 당장에 우리의 빛이 보이지 않는 것일 뿐, 우리는 우리의 위치에서 가장 빛나고 있음을 알게 될 것이다. 우리는 어디에서부터 출발할지는 선택할 수 없었지만 어디를 향해 갈지는 선택할 수 있다.

나는 내가 출발할 곳을 결코 선택할 수 없었다. 부모를 선택할 수 없었고, 가정환경을 선택할 수 없었다. 얼굴의 생김새를 선택할 수 없었고, 나의 의지와는 상관없이 일어나는 사고와 폭력들 역시 선택할 수 없었다. 하지만 어디로 갈지는 선택할 수 있었다. 좋은 부모는 만나지 못했지만 좋은 부모는 될 수 있고, 건강한 가정은 만나지 못했지만 건강한 가정을 만들어 갈 수는 있다. 원하는 생김새를 가질 수는 없었지만, 밝은 표정은 가질 수 있다. 아픈 삶을 살았지만 앞으로의 삶은 슬프지 않게 만들어 갈 수도 있다. 삶의 가장자리에 있어 봤기에 인생이 얼마나 가치 있고 아름다운 것인지를 알게 된 것처럼, 앞으로 다가올 행복 역시도 특별한 눈으로 바라볼 것이다.

따뜻한 햇살과 시원한 바람이 공존하는 '바람의 거리'에서 우리에게 주어진 신비로운 공기를 한껏 누렸던 날이 있다. 가족과 함께 있는 시간이, 내가 볼 수 있는 아름다운 것들이, 여리고 순한 시간들이 눈물겹도록 감격스러웠다. 그 모든 것들을 눈에 새길 수 있다는 것에 감사함이 밀려들었다. 일상은 따뜻한 불빛으로 가득했고, 그 불빛 가운데서 아무렇지도 않게 다가왔던 무수히 많은 삶의 조각들과 그저 나에게 당연하게 주어진 것이라 믿었던 것들이 결코 당연한 것이 아니었음을 깨닫게 됐다. 우리의 삶은 더없이 자잘한 것으로 채워져 있고, 앞으로도 그럴 것이다. 그렇게 자잘한 것들이 모여 나를 이룰 것이고, 시간이 지나면서 바래지고 닳아지는 삶의 흔적들이 수많은 감격들을 내 앞에 드러내 놓을 것이다.

나는 1년 후, 5년 후, 10년 후의 내 모습을 그리며 과거의 나를 만나는 대신 미래의 나를 만날 준비를 하며 현재의 나와 살아간다. 배가 정박하기 위해 만들어진 것이 아니듯, 우리는 그냥 이 자리에 그대로 멈춰 있기 위해 살아가는 존재들이 아니다. 한때는 미래의 내 모습을 기대할 수 없었고 미래가 그저 암울하게 느껴진 적도 있었지만 이제 더 이상 나에게 미래란 그런 것이 아니다. 그 옛날 과거의 내가 지금 왜 그렇게 살고 있냐고 말할까 봐 두려웠던 것과는 달리 미래의 나는 지금의 나에게 잘 살아 주어 고맙다고 말할 거라는 걸 알고 있다. 나는 앞으로도 힘차게 살아낼 나 자신에게 박수를 보낸다.

당신이 적어도 나보다는 좋은 조건에서 살았다면, 자신을 사랑하는 마음이 조금이라도 남아 있다면 나보다 더 못나게 살아도 될 이유는 단 한 가지도 없다는 것을 이야기해 주고 싶다. 엄마인, 아내인 자신을 넘어 나 자체로서의 삶을 살며 내일의 나를 만나는 것에 대한 기대감과 꿈의 빛이 당신을 빛낼 수 있기를 바란다. "나도 한때는 꿈이 있었단다. 하지만 그걸 좇기에는 두려웠단다.", "나도 한때는 꿈이 있었단다. 그런데 네가 태어났단다." 이렇게 이야기하는 대신 "얼마든지 한번 해 봐. 엄마가 했던 것처럼."이라고 말할 수 있는 당신이 되기를 응원하며, 당신의 미래에도 박수를 보낸다.

엄마 말고 나로 살기

초판 1쇄 인쇄 · 2018. 2. 13.
초판 1쇄 발행 · 2018. 2. 26.

지은이 ┃ 조우관
발행인 ┃ 이상용 이성훈
발행처 ┃ 청아출판사
출판등록 ┃ 1979. 11. 13. 제9-84호
주소 ┃ 경기도 파주시 회동길 363-15
대표전화 ┃ 031-955-6031 팩시밀리 · 031-955-6036
E-mail ┃ chungabook@naver.com

ISBN 978-89-368-1123-5 03810

이 도서의 국립중앙도서관 출판예정도서목록(CIP)은 서지정보유통지원시스템 홈페이지(http://seoji.nl.go.kr)와 국가자료공동목
록시스템(http://www.nl.go.kr/kolisnet)에서 이용하실 수 있습니다.(CIP제어번호: CIP2018003863)